浮生

陈乐融———

著

中国出版集团
现代出版社

明明 / 代序

"少年心事当拿云，谁念幽寒坐呜呃。"笔下有鬼的李贺，竟有如此激励的字句，可见人人都有阴阳面。

但如果，喜欢呜呃和喜欢拿云，几乎同等比例呢？

所谓善感，一定很多是强说词的附和，情绪造作的高低峰谷，但有些明确是骨子里带来的清冷不群。

是前世的戏份，还是新时代爱称的"设定剧本"，习惯远眺，而不参与；或者，边入局，边出戏。

活到现在，距离连二十岁都一度不想过去的年纪已经很远，毕竟，热热闹闹与众多人共同成就了许多事。

或刻镂，或浮夸，那一条一条或隐或显的业之轨迹。

或歌或笑，或颤抖抽搐，当然也有漠然无趣。

人生百态，百态下的人，有时强大到自雄，有时向败德屈膝。有时在看似平滑得没有毛孔的现实，忽有裂缝发生。

那刺眼的瞬间，就是自觉了。

这一本关于存在与人情的文集，记录了不少生死幻梦，更多的是对生死幻梦的一缕自觉。

三岛由纪夫在《禁色》里，描写苦恋悠一的镝木夫人种种弱势：

"因为笑而输；因为沉默而输；因为说话而输；因为送礼物而输；因为偶尔偷窥他的侧脸而输；因为假装开朗而输；因为衔舍忧郁而输；在不久的将来，这位绝不哭泣的女人，一定会因为流泪而输。"

苦恋者因必输而输，因动辄得咎仍无法退让而输。多像我们对命运，对明知故犯的欲望，那般决绝，那么美好坚定。

像李贺一样，继续往不知是地狱还是天堂的阳光灿烂处走去。

纵然浮生，也有铿锵声。

目录

章节壹 /
有人

中年人

中年人有时变得直率，不想联系就不会要电话、电邮、脸书、line，眼前的谈笑风生对答如流只是暂时，行礼如仪或萍水相逢后，就是终点。

中年人看到同辈旧识一下显老、拙、秃、胖，有人多多少少幸灾乐祸，有人胆战心惊，有人则同病相怜。

中年人有些想退而不能退，因家庭或社会责任在身；有些不想退而遭退，顿时失去舞台和尊严；有人明明不想退却老把退挂在嘴边，是内心恐惧会被逼退而其实现在仍有门路；有人什么都不说却忽然无声无息，若非生了病或家有难就是真的低调裸退养寿全身去也。

中年人最怕看到同属中年仍似一事无成或不切实际到不知该赞叹或害怕的同伴，总有如张爱玲所说"惘惘的威胁"存在。

中年人忽然开始信起某教、某派、某上师、某心灵团体、某高价潜能开发课，总会比多数年轻人更易上手、更投入，更积极地传播。

交游圈也常因此产生重大过滤切割好恶判别。

　　中年人的生存情味或者变浓，因为想把捉的东西变多，进度落后，来日无多；或者变淡，因为事实上把捉不过人，或者终于想通自己：没那么爱把捉那么多人事物。

互动七态

有的人我乐意看到他的讯息，但不想连续谈话——这时离线留言是不错的选择。

有的人喜欢跟他隔一段时间好好聊聊，但平常不会想起，也没有特定动机知道他的生活细节——这时对方脸书、微博动态你无须关注。

有的人想跟他一直聊一直聊，但人家没时间、没兴趣奉陪（除非他迷恋宠爱你）——但常态下没有这种恰巧的好运。

有的人你一直偷窥他（不管经由他人谈话或网络），但不直接对话，俨然"相忘江湖"——但其实你并没忘，只是享受窥看，暗自吸取。

有的人你随时可交谈，但并没有真的内涵交流，但和对方开启交谈的"心理成本"（和其他生理、经济成本）最小，所以你继续讲，继续电话、简讯、微博——这样的人生样态充斥在今日。

　　而海明威说："没有朋友如书籍般忠实。"书是忠实的，等着我们探讨、搁置、欣赏或误解；但它也无从取代人与人的眼神、拥抱、手指的轻触（哪怕在想象中进行）——所以我除了大量阅读外，还日夜饥渴于友情、对话和互动。

　　当然，这一切若能发生在绮色的温柔关系中，就更好了。

每人都有饵

某人常调侃我在家几乎都在电脑前打字，干脆去当打字工。我跟他说我面对电脑不只有打字，就算打字也不只是在"打字"。

而他自己还不是常在电脑前打线上麻将，一打无法自拔。

某人常笑别人干吗用智能手机，结果一旦换用，也天天随时黏着群组几个好友聊天八卦打屁取暖，连上大号也不放过。

很多人不是没有饵，只看有无遇上。实话说，每个人都有自己的饵。

吃喝玩乐是一种饵，沽名钓誉，也是。

就算青灯古佛致力修行，从中性立场论，也是一种饵。

多数人都会上钩的饵，谓之大众商品，称之流行。

"事未经过不知难"，何止不知烦、难，连有多诱人多蛊惑多难以放手，都得亲身经历，才有办法验明。

很多人爱说"我一定不会怎样怎样""给我再多钱我也不会做"，

年纪愈长我愈觉得该小心谨慎说这句话，毕竟我们不但都有心动冲动的价码，也都有难以抚平的恐惧。

多数人你威胁他们的孩子就必定妥协，有的人你威胁烧掉他全部的书或鞋子就妥协了。

在某个关头，还真难说我们会不会趋炎附势、明哲保身或卖友求荣。

继续半裸

有时，觉得有点赤裸。

尽管，已尽量用高明的技法，保护自己与某些文章的主配角。

但直言，还是可能挑动某些敏感的神经。

我不是大好人。

生命，背负太多因果，如果你信，那就是因果。你不信，其实也自有其造作、演化、反复的作用。

一个三十七岁的新朋友跟我说他要永葆二十八岁，正进行他后青春期的首次（以及可能持续的）叛逆旅行。

我却回他：我已安然（或其实并不安然）面对走进下半场许久（不管有几分被推、被拉、被挤过去）的自然法则。

因某篇评论文章，收到相关旧识的不满抱怨简讯。隔日我回了长长的 E-mail 解释我依然不变的立场，但为他的心里不舒服道歉。

两天来尚未收到回信，也许，不会回。也许，他接受并消气而觉得事情就过去吧；也许，他带着依然不能理解的不爽，带着疙瘩与戒备在往后相见。

对他人，我们一向无从掌控。

我对肉体的赤裸极无自信，但对精神的赤裸，没那么紧张。也许是发现了没多少人在意你呈现的种种精神面貌，或者，即便瞥见，吃惊了，抑或胆怯，然后像防毒软件发现可疑物后自动隔离，丢进非我族类不再省视的区域。

说赤裸，其实还是有相当保留。为了自己与很多人在这三度空间（外加人性这第四度空间）小小的权益，就这么继续半裸。

未来二十年非做不可的事

40 something① 的 A 说："决定接下来二十年都要当作家，写小说上瘾了！"

我听说她在写长篇小说，用之前的积蓄过活，而且好整以暇不急着出书。她说："要到自己也爱不释手才拿得出去。"

没看过她的小说，不知道她的作品水准以及适不适合走这条路。我只是惊讶"二十年"这数字。

她比我年轻，但没年轻太多。这个年纪，还可以理直气壮地说下个二十年自己要做什么，好厉害！

跟 B 说："我连两年后都不敢订计划，何况决定未来二十年？"

B 说："如果没这能力还坚持下去？计划赶不上变化。"又告诉我句网络名言："理想很丰满，但现实很骨感。"B 比我和 A 都要小上许

① 40 something：这里指 40 多岁。（编者注）

多，20 something 这一辈却也浪漫不起。

工作上很积极、正要迈入 30 something 的 C 则称："如果要我说真正的志业，全心可以投入去做的事，勉强说有两件：一是革命，但是要判断好局势，不是盲目牺牲那种；二是拍电影，这是到六十岁还可以做、不分男女老少都可能做的事。"

至于我，还真想不出什么是死前非实现不可的志向。我竟然想不出，或者，勉强想出的，都是抽象到一般人觉得不像志向的东西。

而我已经这么不清不楚地混老了。

悲哀啊。

没有办法想象"二十年做一件事"这漫漶的概念，一如社交网站上太多人的太多细微"动态"会明显让我资讯超载。

只想偶尔真心地、扎实地，知道一些经过沉淀、整理、消化过的内容，包括我认识的人的"生命内容"。这大概是种会得罪人的说法，但我还真如此觉得。

如果我们连一个下午的相约都不可得，如果我们连彼此更深刻的哀乐都无法共通，我何必知道某些瞬间的波痕？

还是，多数人都以为，在这数字科技即时、移动当道的新天新地，波痕即是一生。

"幸福感"民意调查

晚间疲累中，接到某报电话访问"幸福感"的民调。

似乎是第一次接到这类无具名调查，就尝试回答下。

绝大部分的问题我都选"不大满意"，从对市长、台湾地区领导人到人际关系、工作、收入、健康等的满意度。

包括对未来是否感到乐观，我选"不大乐观"。等于四个选项中都是偏"次负面"一个。

我回答"还算满意"的，仅有"家庭关系""居住环境""居住地区治安"等少数题。

但最后要结论："您觉得自己是否幸福？"我选了："还算幸福"，上升到"次正面"。

也许学者有他们的剖析，但我知道，就算一个不够满意、不够乐观的人，也可能从最整体的角度，感谢自己处于"还算幸福"的正面选项。

　　"还算幸福"，是感恩的"自觉"，是放弃过度比较的"自决"，是多多少少不再把不幸福全归咎于外在因素的"自绝"。

　　这些题目，于任何人的内在抗争与妥协，都太简略了。

继续追问"幸福感"调查

后来和朋友就此议题为发端，通电话两小时到一点多才睡，开玩笑说都是这个"幸福感"民调间接害的。

可以想见最后一定出来某个报告式新闻，简化成比如"宜兰市的人觉得最幸福""有婚姻的人对于未来比较乐观""住在台北市大安区的对治安满意度较高"之类的小结论。

但却很难真正分析出：五十岁的台北人是因为哪些因素不幸福？二十岁的花莲人是因为哪些因素感到乐观？年收入六十万、大学毕业、对马英九满意的苗栗人，为何感觉"不太幸福"？

在偏向个人幸福感调查中，劈头就先问对所在县市的首长和台湾地区领导人满不满意，更有点怪异。因为除了少数政治狂热者，一般市民对市长和台湾地区领导人的施政满意度，占个人幸福感的影响比重，应该微乎其微。

就算要做首长满意度调查，也该继续细问"您对郝市长哪些部分满意"之类问题，而不是一个孤立题。

最后询问个人婚姻状态时，仅有"已婚""未婚""单亲"三个选项，背离用常识都能想出的现实；至少该提供"已婚""有过婚姻但已离婚""从无结婚""同居""单身但有固定感情对象""单身且无固定对象"等选项（且为复选）才能涵括。

而且跟朋友聊到，如果我先问："请问您是否对于自己的现状感到幸福？"之后才问为什么感觉幸福？比如工作、收入、家庭、时间支配、兴趣、亲密关系、学习、健康等，她说她会偏向觉得自己相当幸福，以十分计算，可以有七分。

但如果按我昨天受测的问卷来问，先问了领导人，再问一堆细项满不满意，她会立刻觉得都"不太满意"，最后结论也会选"很不幸福"（像我那样前面不满意、后面"逆转胜"的毕竟较少）。

可见不是我吹毛求疵，而是一般人的认知本来就缠夹不清、易受暗示，做民意调研如果连我这具备一般逻辑的人都觉得漏洞百出，请问学者要做什么了不起的分析？ input 不对，output 能多有价值？

甚至，我开玩笑跟朋友示范，另一种"温馨励志派"（但学界绝不会采用的）问卷："请问您觉得生活中，是否除了工作，多多少少还是有自己的休闲时间可以做自己喜欢的事情？""请问您是否拥有几个知心好友，必要时可以获得他们的支持与信任？"（甚至再夸张点）"请问您是否觉得自己的家虽不是豪宅，但却是个还算满意的安身之处？"

她所有答复全部变成"是"，而且感觉比上不足、比下有余，心情甚至转好了！

总之，不是我老爱愤世，实在是世间有太多我觉得太不优秀、太不动大脑、不够用心做事的人。这是我对很多"问题"都回答"不太满意"的主因。

但又因为知道世间就是如此，也极难改变任何异质的人（包括读我博客、加我脸书微博的），而只能呼唤、相应与我多多少少具备同质性的人，所以，认清这点就无所谓，不管乐不乐观，都可以整体比上不足、比下有余地觉得"还算幸福"。

幸福不该是一时的好情绪，也与乐观没直接关系，调查幸福感、幸福度，还真该先调查"你觉得什么是构成幸福的要件？""处在什么情况下，你会觉得不幸福？"不先了解价值观、人生观，骤谈"幸福"这类大帽子，很容易失焦。

别等理想的问卷出现，有心的朋友，问问自己吧。

幸福到底是什么？

从低标准来谈，幸福是没有不幸福的状态。免除一切让你觉得不愉快、不舒适的身心条件，那么便是幸福的。

比如没有饿着、冻着、受暴力威胁、受伤、生病、遭限制自由、精神受创等。

中标准可以是，能自主争取或轻松获得你期盼的身心条件，你的需求和欲望能在不大困难的状况下被满足。

比如自由选择饮食、起居、行动；喜欢的人也对你付出善意关心；确认环境对你没有恶意与攻击性，或者有权力可以限制别人的显性攻击与恶意；每天清醒的时候知道在做自己喜欢并胜任的事。

但高标准呢？幸福除了所谓流行的心理学用语"自我实践"和"自我完成"，还有没有未完待续？

你确知你的"自我"要实践和完成到什么地步、什么方向？

想当老板，辛苦或不辛苦当到了；想写书，辛苦或不辛苦地写了出版了；想建立家庭做爸妈，辛苦或不辛苦地做到了；想环游世界、早点退休、当社区或宗教组织义工回馈，也真的幸运或不幸地做到了。

这样就幸福了吗？就真的从"幸福大学""幸福研究院"毕业了吗？

认为一生"还算顺利满意"或者"虽不满意但可接受"，没有大灾难或有灾难却熬过来差可告慰的善良百姓，大概还是占地球过半数的居民吧？但这真的就是大家年轻时以为的那只传说中的"幸福"青鸟吗？

困顿时一碗充满爱心的面、一双拍拍你肩头鼓励的手、一句从短信传来的加油哦、一笔不计较利息甚至不去想你会不会还的纾困金，都可能让人热泪盈眶感激不已，觉得自己没有被天地不容，自己还是幸福的。

成功时登上高峰，顾盼自雄，看看自己花了多大力气，历经多少暗礁激流，可以享有比别人更多的名、利、权、尊荣地位，甚至只是比别人多了多少知识、技艺与才华，欣欣然笑看山脚下不如你的芸芸众生，想到你克服了他们克服不了的愚笨、懒惰、顽固、畏惧，或者你比他们更彻底抛弃了阻碍自己成功的善良、公正、清廉、柔软，你觉得这一生如英勇斗牛士足够精彩，自己真的是幸福的。

不同的心性与际遇，都可以让当事人玩味自己的"幸福"，看来幸福不是什么遥不可及的青鸟，而是粗俗点同《水浒传》中武大郎的想法："什么人玩什么鸟。"

幸福如果只是一个概念游戏，人类是不可能争论谁比谁幸福的。甚至，幸福会变成千疮百孔的字眼，和当今当世"爱"与"自由"一样，都是语言文字概念世界的红牌安慰剂、人类大脑的自我催眠与轮回对话。

幸福是什么？我当然有我的幸福认知，那是无法纯粹用文字告知的。所以，重点永远是：看了半天文章的你，想些什么呢？或者，敢想得多远？

每个人都有自己的海洋

日剧《沙滩男孩》是部关于"流浪"和"安定"的故事。两个主角不约而同面临生命的转折。一个看似玩世不恭，一个看似提不起放不下，其实两人都有极可贵的韧性，也都有极寻常的脆弱。

两个陌生人的到来，冲撞了静谧的小镇，唤醒不同人对待生命的新看法。不同的生命观在这片无言的海洋汇流、观察、分享。

一如找不到方向的流浪辛苦，安定其实也要付出代价。满头银发的民宿老板平静多年，甚至忘记了年少时的冲浪之梦。

坚定也要付出代价。年轻的酒馆女老板，为大城市里的爱人甘愿退让，看着自己无法见面的孩子的照片，每天笑脸迎人支撑大家庭，最后还自告奋勇顶下民宿，只为了让自己和喜欢这片海洋的人守住希望。

我一直认为编导不让两位男主角广海和海都结束前拥抱道别，有点刻意残忍，但也是高招。因为这整整十二集，已经太像偷渡男同志情欲挣扎的偶像剧。

整个夏天两个人像冤家一样共处共寝，互相打气，互相吐槽。最后两天，两个人一次在寝室、一次在海中打在一起、抱在一起，是彻底解开心结后的庆祝，也是不言而喻的知己默契。

那是哥儿们的方式，可是距离恋爱几乎可以是一线之隔。

当然不要忘了这是主流大片——帅哥怎能轻易被当成同志？在寝室那次，两个人一抱，编导马上安排小女生真琴在窗外经过看到，浅笑、摇头。

在海中那次，不只真琴，连酒馆女老板春子都来了，两个人照例浅笑、摇头，骂声"笨蛋"，然后加入男人们。

女人也许走不进男人的世界，至少可以"母性"流露。从头到尾我们听到多少次"笨蛋"这个词出现，广海、海都笑骂时说，真琴对臭男生笑骂时说，它帮忙遮掩了多少剧中人不敢想、不敢说、怕自己受伤的心情。

《沙滩少年》小小颠覆了"成功至上"主义和"凡事从众"的日本集体意识。"每个人都有自己的海洋"，真的，夏天可以结束，可是思索和实验自我生命的动力，却永远不该结束。

不净观，观不净

夏天应该很容易修"不净观"。

大小便时，冒汗出油时，皮肤瘙痒时，赘肉臃肿时，斑点痔疣时，口干舌燥时，怠懒无力时，头昏脑涨时。

这是个体小我生心理的不净、不静。

看看外在，更多让人心浮气躁的景象、作为。

大自然像要蒸发了，人世间也好不到哪里去。

知道更多真相、内幕，有时也不能再传播出去。憋着，是一种内火山。

但说出去，只会让更多不愉快的事情扩散开。

明明该修不净观，却只能观不净，继续在里边缠。

单调

邻居太太看到我要去散步，问说是去 E 大还是 T 大？

她说也常走 E 大操场，但有时觉得太单调，就去走 T 大校园。这点跟我完全一样。

我笑笑跟她说："今天我想单调。"

走操场可以不用管路况，不用怕黑暗，周遭都是人，跑道上的人，草地上的人，排球场篮球场上的人，感觉四周都在锻炼，生意盎然。

走操场，当然也像画地自限。固定的跑道，固定的弧度转弯，有些人还走固定的圈数或时间，一点都无差错。

想到白老鼠在笼中踩轮子的情景，都市人选择利用校园操场走路或慢跑，也有这种趣味。

谈心

高处不胜寒，深处也不胜寒。

宇宙可能不像金字塔，较像两头尖中间胖的纺锤，中间地带，生命最多，最适人居。

聚会中，若整场只能聊新闻、工作、八卦，也许也热血，也舒畅，但曲终人散，总觉得怅然若有所失。

但一晚上，光表象的新闻、工作、八卦，就占去几个钟头可为谈资，然后就到了散伙时刻。

跟朋友说，自己太喜欢谈心、太需要谈心，但往往谈不到心。

谈心，不是说要诉苦，不是光谈自己的鸡毛蒜皮琐事，是想能从事物谈到事物背后的某些本质，谈到人生某些道理。

不是像开研讨会那么严肃或排好议程，聊天之名为聊天，固然就属兴之所至，但我总习惯往内走，往深处去。

　　朋友最后说，多数人除了不习惯平实、坦诚地谈心，还可能想深也深不了。

　　说到这样，我也不方便再接话。

论无聊

有人活得很无聊，因为根本不关心世事。

不一定是国家天下大事，连鸡毛蒜皮、街坊里弄、只字片语、一花一木都有小道可观，一观下去，都可以打发时间。

不关心外在，关心自己内在也好，那叫觉察内省、默语静观、神游太虚。这种人也不至于无聊。

向外求、向内修，都有事情做。不想高举哪一种清高、可贵、伟大，标准已经够宽吧？

但如果既没心往内，也不肯往外（移动形体或借助科技工具如网络），却一直叫着无聊。那也只得无聊了。

（当然知道往内往外，某些结果都可能更"无聊"，但此无聊已经与彼无聊有差异。）

无聊的人，找点不伤人伤己的事情来干吧。这世上难有几个老莱子、东方朔，一直承欢膝下、逗人开心。

　　打开电视或视频，有很多人都在引我们注意、逗凡人开心。现在人有再多无奈，这点免费娱乐服务，可不能不珍惜。

　　这可是以前人得不到的忘忧草、迷魂汤、安慰剂。

寂寞对话

年轻电脑工程师二度来家。聊到"寂寞"。

年轻人就是年轻人。他说:"乐融哥这么忙应该不会寂寞吧?"我说:"寂寞不等于无聊,有事情做不代表不寂寞。"

忙得昏天黑地或热闹非凡,依然可能高度寂寞。

他又说:"我如果一个人住这么大的房子,也可能会寂寞。"我说:"寂寞不等于孤单。这跟房子大小没关系。"

只身住破套房小阁楼地下室乃至囚牢,依然可能寂寞得要死。

或者,同在一个屋檐下一张床,依然可能感觉不能沟通的寂寞排山倒海。

我想这不是办法。挑明了讲:"寂寞是有时觉得没法跟别人沟通,或者得不到理解支持。"还不想讲到"爱"这个层次。

他认真想想后说:"我头脑比较简单,没有这种困扰。我讲的别人都可以明白。"

哈哈，能承认自己头脑简单，也不简单啊。

他补充说："以前没有女朋友，可能会寂寞。现在就不会了。"

他们交往五年，原则上每周六他去另一个城市会她并过夜。

真好，这样就可以不寂寞了。果然人人有各自的福分与苦难。

但我还是非常喜欢这段对话。

两小时卡路里的孤寂

晚饭后忽然想走走，消化掉这几日吃太多的愧疚。

从台大辛亥路后门，进校区，一路到新生南路正门，进诚品台大店，转联经书店和楼下的上海书店，走新生南路，转辛亥路、建国南路，龙门国中后面，回家。连走带站，共约两小时，应该有处理掉一些卡路里。

走了很多平常不会步行的区域或巷弄，毫无目的，漫无头绪，没有同伴，接收或不接受四周的信息。

这时候，会觉得孤寂。却又觉得有了同行人，势必不可能这样放空。

一如那天在家等两个朋友到访，昏黄的客厅里，听着超有气质的 Shirley Horn 悠悠唱 *Once I loved*，忽然觉得这一刻是多奢侈的孤寂。在简洁到像样品屋的家中，等人，那将开未开的一种悬念，好有气氛。

　　也让我想道：这时刻我需要另一个人分享吗？真的能分享那片刻的触动？不，不能的。

　　就算我后来邀请那两个朋友，在沙发上同样重听一次那首歌，更深的夜里，同样的灯影昏黄，她们竟然立刻聊起天来。

　　把那让我战栗的荡气回肠，当成了小小的配乐。

　　于是我确定，没有什么东西真能分享。大家拿出自己的东西的那一刻，其实已非原貌。

　　我是孤寂的，你是孤寂的，有人类区分的高级或低级，但仍是独立又相通的孤寂。

　　正在此时，有朋友从 MSN 叫我，我说我在写博客讲走路两小时的事，他说："你忙。"我说："不忙。忙着孤寂。"

　　哈哈。我还是会尽量幽默以对的。

眼神嘴角的不屑

报上看到某作家说自己现在的心"比慈悲还柔软"，很惊讶。

我没那个胆子说自己这样，也不能想象有人这样说自己。但是，他的另外一句话："不再用伤害别人，来让自己强壮。"我敬受教。

容易伤人，一直是自己的大毛病。犀利，在年纪渐长后，愈发按捺不住。尽管世界上笨人笨事真的不少，我也常常看出自己笨得要命的一面，但是，出于情绪，或出于表现，我变成好发议论的人。有时，连话还没说出口，眼神嘴角的不屑已经力度十足。

知道，当然知道，但仍然殊少控制。说"控制"，高人又要说我层次低，应该说"转化""涵养"，有一天我就根本不想再瞧不起人事物，而只会感同身受：我们是一体的。

如《与神对话Ⅱ》里说："你对别人所做的，就是你对自己所做的……别人的痛苦就是你的痛苦，别人的欢悦就是你的欢悦，当你否定其中的任何部分，你就是否定了自己的一部分。"

深奥，真的深奥。却跟文字无关。

逞强的假面

人往往无法承认失败。

在婚变、情伤或遭背叛后，想立刻证明自己很好。

但反弹太快，不是励志，而是矫情。

振作太快，不是疗伤，更像伪装。

为什么不能承认想哭、想死、想毁掉自己的日子？如果这是必经的，也一定是暂时的。

必经、暂时而不可耻。

为什么要说是为了不让旁人担心（旁人真的比你自己更痛吗），所以强颜欢笑，甚至立刻去找到新恋情当浮木、依靠抑或炫耀？

而其实都还是为了保存那一点点挫败的自我？

不想让对方看好戏，不想让自己显得一无是处，不想成为这地球上又一个失败阵线联盟的成员。

涂抹的亮丽终究不是亮丽。

自我是头庞然大物

免不了，我们会跟亲朋好友提出诤言。

有时是对方什么事情做得不够好，某个决策下错了，已经有点麻烦了，在讨论时，我们不免提供些自认为"实际"或"更好"的建议方案。

对方有时不免会捍卫，尽管，他也知道我们说的是对的，可是，时间已经晚了，或者，他知道这个建议，很难去执行。

于是我们就会看到气氛超怪的，对方一整个想辩解与逃避。而我们又想强调是好意，不是责怪，也不是马后炮。

但对方的小我上升、出来主导全局时，面红耳赤地辩解"不是你们想的那样简单""我也都想过了"或"现在还不到这个地步"等时。

他就是在觉得你们是责怪、是马后炮。

可是当他冷静后，会知道，之前的决策又不是我们参与的，他现在的抱怨诉苦，也真的会激发身边人的关切。

　　他会知道，我们没有错。不管那些建议方案是否真能帮他解决问题，至少，这些现在才介入聊天、给他意见的人，没有错。

　　当然，我们也最好适可而止，适度闭嘴，甚至，结束话题。

　　让对方自己去吸收我们的分析或建议，让他去决定他要怎么做。

　　人类的"自我""面子"，真的是头庞然大物，随时都会出来捍卫自己的生存恐惧。

内心充满地雷的人

早上搭公车，一个女生按了铃，到站，没下。下一站，她又按，到站，还是没下。

还好这两站都有人要下，可是我注意到她马上身体紧张得后缩，整个人朝我这边挤来。显然是认错站了。再过两站，没下，再一站，她终于下了。

我想说的是，人都有许多害怕。这个女子可能怕自己一直拉铃没下车，司机不爽，也可能是怕自己在大庭广众下出糗。但是她浑然不觉自己的肢体语言替她泄露得这么多，而且维持了好几分钟，连我的脚已经被压到自己都没有知觉。

有些人有点怕我，好像是因为会被我看穿，其实我没有恶意，也没兴趣伤害别人。虽然内心充满地雷的人，很容易因别人无心的眼神与话语，伤到脆弱的自尊心，但观察、透视、解析都是一种能力，我没办法、也不想丢掉它们。

操纵狂

不断吐苦水、负面思考、一竿子打翻一船人（甚至也一定包括自己）的人，就算你想遮丑，想代为打气、想挑正面的记忆或观点美化催眠彼此，非但经常无功返回令人气馁的原点，最终不免令人（生出带着负疚的）憎恶。

有人一辈子当了操纵狂，操纵自己的快乐、不快乐（通常是不快乐），也操纵了别人的快乐、不快乐（通常还是不快乐），不管他自不自觉、乐不乐意，他就这么当上了。

但是，嘘，小声点，这搅事的当事人是不会承认的。

欲辩，已忘言

不懂反省的个体或群体，你只能等他反省或不反省，或，你不等了。

懂回忆而不懂反省的个体或群体，你也只能等他挣脱回忆而真正触及反省，或永难触及，或，你不等了。

习惯回忆却不擅长处理真实版本回忆的个体或群体，基本上没得救，因为凡人意识坚韧强固，一旦形成的版本不易升级或覆盖，只会重复加深既有的见解、判断，刺激神经元产生同一种情绪反应。

带着情绪的回忆版本，于是根深蒂固、年深月久。

于是，和这回忆版本不符合的其他说法，很难令此人茅塞顿开、拨云见日。因为情绪的抵御就占了上风。

于是，和原有版本相关的当事人，就此被禁锢着，欲辩无力，欲解也无力。

于是，终究你只好等了，等对方开窍、消融、化解，或，不等了。

"欲辩，已忘言"，或许是最高境界，也是最无可奈何的出路。

观人

常听某人推荐某专业人士多亲切、耐心、热情，等真有需要慕名而去，却发现不如所言。

也许，比起同类的职业人士（如医师）、同位阶的人（如都是老板），这人比起来较没有那么大排场、那么拽、那么势利，但以我阅人多多的经验，如把人三等分，对方绝谈不上"亲切、耐心、热情"的第一级。

这时不免怀疑，是朋友和对方比较有缘，所以那人"表现"更好；还是根本没那么好，只是朋友的个性较易满足，将之美化？

总之，我信自己的判断，也尊重朋友的感受与记忆。

就跟我有时跟旁人提起某位艺人或官员态度不错，尤其在工作场合，我看这人懂礼貌、和气、不摆架子，工作伙伴却透露他对他们是另一副脸孔，"因为你是乐融哥（乐融老师）啊。"他们这么说。

是的，我们受人尊敬，有时因为对方事先知道了你的来头、分量或关系，没这层认知，而能自然表现出"懂礼貌、和气、不摆架子"，那么，这艺人或政府官员，才称得上这形容吧。

不是早有名言："最了解拿破仑的，只有他的老婆和传令兵。"我想每个人都差不多。

我们自己都多面多心，观人，若有机会还是得多角度接触。

关系里的胜者

常常，我们不是和心爱的人在一起，而是和无法摆脱的人在一起。

我们不是和最欣赏自己优点的人在一起，而是和最能忍受自己缺陷的人在一起。

我们不是和最令自己兴奋的人在一起，而是和最能熟视无睹、心安理得的人在一起。

为了生存，绝大多数人自动放弃梦中情人，而选择追求时摩擦系数最小、追到后维护成本最低的对象。

我们并不完美，却奢望完美，于是完美很理性地避开我们。

喜欢清洁的人，却不爱有洁癖的人。

喜欢头脑清醒的人，却不喜欢太看清楚我们的无能与自私的人。

喜欢控制别人，却指称对方是控制狂。

这就是人。

最后，那个看过我们不美丽的身体，听过我们放屁，看过大汗淋漓蓬头垢面驼背凸肚齿有菜屑橘皮老茧抠脚摸臀疾言厉色歇斯底里蛮横无理的人，胜出。

胜出，且多半能，常存。

以上所说还仅指外在，还没说所谓共患难、共贫贱、共琐碎、共无知的伴侣，看过体会过刻骨铭心过对方多不完美的内心拼图。

再次，能容忍且不想改变或放弃改变对方的一人，胜。

对凡夫的世界啊，关系从来未必是一种许诺，而是试练。

合理主义与重情主义

某人写信告知我们不适合在一起工作，我回信同意。

"个性不合""理念差异"的背后，探其究竟，问题大约出在我有强烈的"合理主义"、她有强烈的"重情主义"倾向。

这是粗分，为了提纲挈领看出我俩的歧异；不代表"合理主义者"没有情感、情绪，"重情主义者"没有权衡、盘算。

我期许事情讲清楚说明白，若是工作，先谈清价钱、条件、权责（尽管很难每次都做到），对于个体户自由工作者，没有公司体制保护，没有助理、经纪人、部下甚或律师替你把关，这是必须学习的接案技能。除非身份是合伙股东、高级主管、顾问，任务非论件计酬。

她则希望有事情干了再说、服务为先，认为先对别人好、吃亏多了最后赚的是自己——她从自身这么做，也免不了要求跟她有关的上、中、下级或配合厂商都这么做，否则很可能就"理念与个性不合"。

我认为物有差等，在什么位子说什么话，交浅言深或交深言浅都不合适。年龄、辈分、阶级、名气、亲疏都可能产生差异，也应该要尊重这些差异。人间本来就有特权，相处也会有好恶，在还没证明你值得任何"特殊待遇"前，必须忍受别人可能的轻视、低估，或仅仅只是"不特别关注"。

她年轻时则偏向凭个人喜好执着，一股脑儿抛出她想给的热忱，有时别人不能消受，就觉得不被接纳；偶尔被不那么诚恳正派的人利用，又觉得恨。

我适合当军师，她适合当教母。我看来冷，她看来热；我少轻诺，她可以先答应再说。

她一路走来伤痕累累，但伤多学乖，淬炼变女金刚、女强人，近年也很会随机应变、见风转舵，该谄媚就谄媚，该拍桌就拍桌。

我一路走来风光失意各半，但看待生命更重视内心品质；不耍大牌，不作践合作对象，但也讨厌被剥削，懒得听冠冕堂皇的包装，绝对争取自己权益。

她爱算命，占卜会用念力希望抽到好牌，具有业务员最看重的"积极思考"；我研究命理，反倒已不再帮人占卜，更相信凡事各有其位（"时间"与"空间"的"位"），人该学习任运随缘。

时机对，她会比我更有钱，更能当公司老板；成功时，她会坚信自己一切作为是"长线钓大鱼""好人有好报",而我们这种当惯"专业人士"(不巧,还是个略有知名度的专业人士)表现出的谨慎、身段与要求,是缺乏"格局""魄力"(潜台词:"因小失大")的。

时机不对,败了,以她坚强的个性,还是会觉得自己都对,只因为旁边的合作伙伴或率领的团队不像她一样付出、认真、肯牺牲,所以让她败。

放下不和,我们真的只是不合。

合理主义者与重情主义者,若真得共事,还真不容易达成共识。

不耐闲，也不耐烦？

有一种人，没工作的时候心慌，沉迷某些机械性习惯，以免无意义感泛滥心头。

但一开始有工作，又更加心慌，因为不能承受工作压力，因为时间紧迫、作息大改、任务艰难，或者，因为能力不足。

所以 EQ 变差、脾气火暴、身边人动辄得咎，任何小事都会被他放大，甚至迁怒。

然后，这种人又会自怜。在忙乱中、耗损中、在自觉失去原有生活品质时，愤愤不平地哀怨：自己这么累、这么忙、这么紧张，所为何来？

这世上，天性好逸恶劳的人肯定占多数，但"好逸恶劳"的人，面对现实，大部分也已经屈从：我必须忙、累、紧张、偶尔委屈，才能谋生、发达。

既然屈从，既然面对现实，请拿出多一点心理准备，多做一些心理锻炼，不要把自己和亲近的人的生活，弄得关系更紧绷、更低落。

　　因为，耐不了闲，又耐不了烦，这样的身心品质，实在不能说具备成熟负责的人格。

如果见到一个害过你的人

如果在街上遇到一个害过你的人，你会叫他吗？

间接听到这个故事。某人离职后还帮前公司老板做财务担保，老板跑了，黑道开的公司讨债，竟转而绑架威胁他。

把自己小小的事业卖了，还得每月还钱给黑道公司。那些年不知他怎么熬过来了，但告诉我的人说这人整个消瘦了一大圈，头发也全白了。

不知过了多少年，他偶尔发现收款联络人换了，追问接手的女子，对方跟他说："那人死了。"

死了？于是，他决定不再付钱。

不清楚为何对方也没再找他麻烦。如果是黑道，似乎不会因为某个窗口死了而放某肥羊生路。但总之，据告诉我的人说，他成功停止还债。

事情没有结束，某年某月某日，他竟然在台北某百货公司看到那害他如此痛苦的落跑老板，曾是他信任的大哥、好友。

前老板看来身材样貌没大变化（意思是他比对方还狼狈憔悴），还带着孩子有说有笑。

他没上前去叫他。

这故事中的两个人我都认识。听了倒吸一口冷气，原来那欠债的主角还在台北？或者，潜逃多年后又回来？

我还有钱在那位老板那儿。意思是，我也在不知道他们全家会跑路的情况下，成了最后几批借钱的人吧。

如果我在街上远远遇到他，我会像那人那样善良、敦厚、放弃地，离去？甚至，老实得还怕不好意思？尽管不好意思的绝对不该是他。

我不确定。

如果不喜欢朋友的另一半

我会因为一个人的男女朋友、丈夫妻子，而对我比较熟的这人改观或调整评价。

如果他选择得怪，我会连带想想我认识的这人：是否有哪种特质或人格，是我没注意到的呢？我是否高估或误判了我的朋友？

很少的情况，我们能与好友的另一半也成为好友。如果有，是幸运。

当然也有我们和他的另一半，之后比跟他更熟更麻吉①的情况发生。

总之，我们再怎么抱怨另一半，但另一半还是投射出我们的缺陷软弱贪欲。他还是我们的某种履历表或诊断书。

反之，我们再怎么肉麻当有趣地褒扬吹嘘另一半，明眼人也能看出我们为何会如此欣赏或错爱的真相。

---

① 麻吉：意为要好、默契、合适。（编者注）

认识的人发表自己不喜欢的意见

过去你总是和特定人来往，不管同事或朋友，大家会碰触的话题比较安全可预期。

现在脸书微博推特发达，你天天在上面看人分享自拍评论回应，你发现：哦，原来他是这么一个人，原来她对这件事有意见，原来我喜欢的电影被他说得这么不值，我痛恨的新闻事件她却一面倒支持？

社群网站把过去我们跟那些浅浅深深的人未必会聊到的话题聚拢来。当然也让我们在社交礼貌之外，有机会对某人开门见山，尽管，对方未必知情，知道我们现在对他的惊讶、质疑或保留。

"不以为然"，会是在这些网站上流连或朋友数加得较多（必然有很多只算认识称不上够了解的）的人，总会产生的情绪。

当然多数人，礼貌地（或懒惰地）跳开，看下一则。"不予回应"，是我们对"不以为然"惯用的招式。因为连喜欢的事情都未必喊赞，对不喜欢的，还费工夫吗？

　　但，因此得窥某个认识的人原来是这样想的，必然会影响我们以后若真接触此人会有的观感。

　　大者，在意识层面排斥；轻者，遁入潜意识，依然排斥。

生活是"表皮层"，艺术是"真皮层"？

看了场小剧场演出，一百分钟后和两个朋友出来，大家都说看不懂，屁股又痛。我说我一定要写一篇文章，表达对一般小剧场创作形式和意图的消化不良。

散场时遇到一个算是台湾小剧场核心人物的导演，我说："现在我发现你的戏好看多了！我承认实在没有看这出戏的慧根与热情。"

他安慰我："千万别怀疑你的感觉。因为我也看不懂。这出戏有诚意，技术也做得很好，但是所有的元素组合起来缺乏线索，太自溺了。"

我当然可以猜测编导的意图，甚至参考了演出手册的介绍后，还可以大谈这部戏的疏离与辩证——与历史的辩证，与血缘的疏离——我可以称许他融合了岳飞、古罗马大将、男女情欲、中西冲突、古今交错。

我看得出这是花了钱的前卫小剧场，有幻灯、布偶、电脑、小型京戏文武场和雕塑，有忽然出现的旁白和字幕，主要演员的能量也够，但是我的知性与感性就是严重"疏离"，而且觉得处理这样看似"多中心"其实是缺乏"组织"的情绪或主题，十五到二十分钟就足够，真需要演上一百分钟？

我敢说，平日不看现代或后现代艺术的广大群众，很可能觉得这是"装神弄鬼、不知所云"的演出。但我又绝对相信并能理解，在这群"严肃"表演编导工作者眼中，他们必须这样思考与感觉，才不媚俗，才不浅薄，才有价值。

他们不怕吓跑观众，因为反正也注定没多少观众。

我在想：是不是在艺术工作者眼中，平常庶民的生活是不真实的，是一道"表皮层"；而他们的灵魂雷达，侦测、探触并津津有味地品尝的，才是"真皮层"。

但是，可不可能有人误把某一种真皮层当成所有的皮下组织，甚至扩大当成整个人体？而最流行的小剧场美学，呈现的感情又永远是不快乐的：嘲讽、苦恼、拼贴、错置、自我对立，无休无止。

朋友说："反正你才花了三百元。"我回道："很高兴不用靠这种创作或表演来体会人生。"

听说那个诗人私德不好

跟朋友随口提到某新锐作家，他提出"聪明但很假、用文字自我包装、人格有问题"等评语。

还好我在领略书中浓艳的知性与感性之外，并没有认定这人必然有多值得认识，遑论倾慕。

文字之能遮天蔽日的特效，我岂会陌生？

何况现在看到文章里复杂的句型、笔法、比喻，常有本能的倒退欲。朋友说我"返璞归真"，以前不算璞，现在也谈不上全真，但回想年轻的我确实很矫揉造作。

在文字里，善舞文弄墨的年轻人，要压抑不卖弄真不易。

但好一段时间以来，确乎感觉自己在学生时代的文章，花枝招展得有点可怕。那种用尽力气形容某个人、某件事物以求令人印象深刻的我，淡了，懒了，节制许多。

球星承认外遇后，有网友说："我是喜欢他的球技，又不是床技。"

言下私德与才华、成就可以脱钩——确实可以脱钩，确实这也是当道世态。

只是我好奇若这道理果真无限延伸，那小学、中学、大学对学子的生活规范、人格养成，不也可免了？

因为只要我们有成就、有名利、有地位、有粉丝，很多事情都可以不再关联；或说，关联甚微。

如此这般，那个笔下富丽堂皇的作家，真正现实中是个怎样的人，显得不那么重要了，除非我有需要或有机会接触。

毕竟，现实中的她只对非得和她发生关系的人，才有关。她是好蛋或坏蛋，可作壁上观。

而作品，却自顾自的，孤零零的，神秘又伟岸。

手术台上的一团肉

　　和曾服务于连锁整形美容外科的美容师聊天，听到一大堆可怕又好笑的事。包括她们真的有业绩压力，生意少了点，小姐就要主动打电话叫客人来，客人来了，又要极力推销保养品和劝客人动手术，因为每一项业务都可以抽成。

　　而该诊所前一位外聘的整形大夫手艺不精，就连割双眼皮这种手术都常常效果不彰，连累美容部得免费替客人收尾，用别的方式补救。她说天天在那边扯谎，很怕将来下地狱。

　　明明客人的眼睛、鼻梁、颧骨、胸部做出来效果不佳，甚至比之前还差，她们还是得在一旁甜言蜜语安慰："不会啦。很好看嘛。"不然能怎么办呢？客人花钱又伤身，难道还要伤心吗？

　　一旦躺在手术台，谁都失去尊严，只成为一团肉。她说做全身手术的男男女女，一定会变成医生与她们八卦的对象，比如她看过两个乳房至少 F，可以甩到背后去的大胸脯动物。医生也都很色，嘴巴很贱。她根本不是护士，却被公司派去帮忙动手术，心里很不安。后来实在是看过太多内幕，才决定赶快转去一般钱较少但单纯许多的美容沙龙。

她见过一个男生大胖子，全身脱光麻醉，结果管子插进去，抽脂却抽不出来，害他当场休克，让院方吓得半死，急救过来后请他另请高明。还有一个女性熟客，用一整天来做割双眼皮、隆胸和抽脂，做到最后大家都很累了，医生的女朋友跑来插花①，东弄西弄的，不小心竟把这还没有男朋友的客人的处女膜给戳破了。所有人事后不敢吭声。

还有一位女客做处女膜重建手术，做完后没两天出血，她以为是人工血袋破掉了，复检时被告知"安啦"，结果真的上阵时，男朋友还是发现她未"落红"，气得她回来兴师问罪，结果你猜老板怎么妙答："下次你如果再换男朋友又有需要的话，我们免费帮你做一次！"

够了吧？好高兴我虽然不帅不壮，至少不用经历这些事情。也劝大家三思。

---

① 插花：此处为"捣乱、搅局"之意。台湾话用法。（编者注）

人

有的人见不得别人好，又表现得太明显。

有的人就是很势利，有需要时对你的要求尽量配合一脸热忱，没那么需要或发现下错注时，立刻变冷、嫌烦、恶声恶气。

有的人很怕你，小心翼翼到让你看出他深藏势利的一面。

有的人怕你，反过来用桀骜不驯示威。

有的人怕被你看轻，所以刻意要抹除界限、辈分、资历、差距，以示他跟你差不多，"你别小看我"。

有的人怕被你看清，因为知道你不是省油的灯、不识货的人，他要得到你的承认，又怕你真的坦诚。

什么角色说什么话

有人直接，有人间接；有人主动，有人被动；有人强势，有人温和。

不管怎样都有可能是对的，也有可能是错的。

只能说，事情的处理不存在唯一的解决之道。在不同时空对象下，也该有不同解决方案。

受气、委屈、被欺负到某个程度，比如失眠、忧郁，影响生活品质、面对其他人的表现甚至对生活的信心，这时或许该挺起胸膛、换种态度。

同样地，对于一贯强硬、直率、自认为就事论事、有话直说的人，如果发现自己这一套也面对很多问题、存在很多冲突甚至伤了你在乎的人的心，也该软下声调、退一步想。

很多道理用在自己身上，自己承受随之而来的后果与压力，可以。但不适合代替成年的伴侣或亲朋好友，抉择他们的问题。

他们对其他人、事的软弱、强势，是他们跟对方的事，都是独立的个体，最好不要打着"关心"之名却为对方"强出头"。

我们当然会有好恶，当然可能想保护伴侣或亲朋好友的利益或心情，但给予适当的建议之外，真的不宜做太多、太过。

我们最能够抉择与表示意见的是我们与对方的关系，不是他与其家人、同事、朋友、客户等的关系。

我们可以从他的为人处世，去判断我喜不喜欢、尊不尊重、接不接受、离不离开。

就算是另一半的工作或情绪问题，如果没有求助于我，我不会以"爱"或"热心"之名强行介入。

如果对另一半或亲朋好友，都得斟酌自己的角色与时机，对于不那么熟的人"交浅言深"，更易造成误解，引来排斥。

如果你跟对方实在不够熟甚至完全是陌生人，不管在现实生活中或网络公开发言，真的该更谨慎，而不是自认"有资格""我是一片好意"对别人的私领域（而非公领域）作为指东道西。

就算我们真出自"一番好意"、就算自认为铿锵有力的"忠告"，如果非关公共议题评论，我还是会更保留、自觉。

"多一事不如少一事""见人说人话、见鬼说鬼话""什么时候说什么话""什么角色说什么话"，在人际关系上，都可以从"正面"

解读发挥力量。

　　天底下必有明暗、动静、祸福相生相依，只相信并依赖"单极"言行套路的人，终究会失望、失落，甚至不免失败。

学甄嬛"转念"

推脚踏车进铁门，停好车，正欲拴车锁，隔着半透明窗瞥见有母子要进来，虽看了脸生，但立刻想应是邻居。

三个人对望的瞬间，他们没摸钥匙，估量我会帮忙开门？我转身过去开了，一个小学生模样的胖男孩进来，没说谢，从我身边直直过去。

后面跟着他妈妈进来了，也没说。

小孩不懂事，大人也不懂？又不是相熟，别人活该帮你们母子开门？

本来真是为人举手之劳的家教与本能，小得不能再小的事，不值得说嘴，但我就是讨厌这类自以为是又白目的没礼貌家伙。

锁好车，走向电梯，前后不过差几秒，发现小男孩竟自顾自搭电梯上去了，灯号显示他去六楼。

与那位妈妈一起等电梯下来的时候，一股没好气泛上来。我还真想学华妃教训她："我帮你们开了门，你们连谢一声都懒得说？还连电梯都不等人？你这妈妈还真会当。"

但，旋即决定效法二进宫后的甄嬛熹妃，侧头看看那妇人，笑笑地一字一句："我以为，你儿子会等你一起。"

她面不改色地说："哦，他在发脾气。"

进了电梯，按完我要去的楼层，再次举手之劳替她按了六楼，她依然没说谢，也没半点讶异为何别人会知道、该知道她要去的楼层，我再次淡淡地笑："现在小孩子，脾气大。"

她嗯了一声。

恕我套句电视剧风格的潜台词：这种人，不值得跟她斗。可能一家子自己斗都来不及。

忽然发现，我大有耍阴狠装大度踩刹车拐弯抹角的潜力，或者，不用这么自轻自贱自讽，就说我也有在瞬间修炼"转念"的潜力？

坏消息

下意识今天要去那间小店，特地绕过去，结果一个月没去，就听说她家遭遇晴天霹雳。

念研究所的大儿子因胸部剧痛送医，取出很大的硬块，检测发现是淋巴癌一期，今天刚第一次化疗后出院返家。

年轻人心情还好，还坚持明天要去打工的地方看看状况再决定是否辞职，她先生却大受打击而有些身心症，忧郁怀疑焦虑且带强迫性，对食衣住行每一处都吹毛求疵、杯弓蛇影，似乎想找出罹癌原因并确保儿子不会复发，一下瘦了六七公斤，但他自己发现苗头不对而准备要去健检了。

我只能听她强作镇定像给自己壮胆似的说：我还好，还好。刚开始哭太多了。现在不想在孩子面前太伤感。

我劝她自己先不能倒下，才谈得上照顾别人。就按程序一步步往前走吧。

任何疗法、任何生活上的改变或禁忌，除非当事人自愿，否则爸妈也不该太多限制或强制，毕竟当事人已成年；不是自愿去做去改变的，都很难贯彻。

爸妈当然都想找出更健康的生活方式，维护生病的子女，但自己先弄到过于神经质，除了疑神疑鬼害了自己，也破坏家庭气氛。

有人生重病后需要旁边人加以呵护，自己一下子脆弱了；有人生病却反而不希望周遭都把他当病人，希望大家正常一点，不要绑手绑脚太多拘束，有如不断提醒自己是病人。不同亲人的心态，只能以不同方式回应。

只是，当我终于骑脚踏车离开的时候，我想老板娘并不会因为这短暂的抒发就可以大幅放松。

放松，也是必须持续面对与练习的。

死人与活人的差距

再有才华、再多成就，绝大多数人还是喜欢听好话，只是想听的好话等级、深度不同。

再资深、淡定，如果你找到对的语汇、对的光圈、对的礼物，绝大多数人仍会欣然接受（尽管过程可能推托、谦虚、清高），事后也可能号称"把奖杯放厕所"，或者自诩"千万不要想得了奖有什么"，搞不好还会批判讽刺一下热脸的那方。

没有超凡入圣，就难逃索取荣誉、赞美、掌声的这一切小我陷阱。

杨佳娴《玛德莲》书中引述台湾两位大诗人的私下对话（但这故事一公开就又不私下了，仿佛"蒋公看小鱼往上游"）。痖弦问周梦蝶是否愿意往老乡河南一游（大概想让他风光风光，说不定可以找什么单位表扬、找媒体采访）？

周梦蝶说："我呢，已经算是个死人了，按照你（指痖）的诗写的，'死人们从不东张西望'，所以呢，我也不东张西望，死人不对问题表示意见。"

　　以梦公一生在台湾诗坛的行事，相信此言为真。

　　但我等也明明白白看到我们和他的差距。

　　不是"绝大多数人 vs 极少数人"的差距。

　　是"活人 vs 死人"的差距啊。

　　以此相比，谁不在炽烈地贪活、赖活、苟活？

话多与话少

聚会中，都不讲话的人，怪。尽管在场主要是她先生的朋友，但其他太太也很勇于参与。

不好让这么低调的客人很无聊，主动抛过几次话题，但似乎仍像叶欢一首老歌《留话在风中》，没接到太多浅笑之外的回应。

不知道这对夫妻平日的相处之道。难道还是那种传统男尊女卑的模式吗？或者，仅仅是这女生在生人前害羞？

但想当初我也是多么主动地才打入另一半的朋友聚会。别人可没有因为我是"半公众人物"，特别招呼或制造聊天机会。

所以还是个性问题。但有时不能全赖个性。自己若想，个性即便有点羞怯内向，也会尝试看看不是吗？尝试都没尝试，已算是某种表态。

相对于这种"你们别太在意我，我也没有想特别了解你们"的态度，那种在宴会上非常主动、亲切，什么话题都可以插上一脚的人，又一定是最佳客人吗？

我也会好奇这种人的个性，是他们天生愉快、好客、大方，甚至不避讳出点风头，所以可以这么随和？

但若随和到全场都没停下来过，也会有点害怕寂寞的嫌疑。

常听人说老美特别不习惯谈话中的冷场，非要用语助词、叹词，甚至有时沦为无意识或无意义地，保持两个人谈话中不断有话说的状态。在我心中其实也觉得怪。

真正好朋友之间，是可以允许"留白"。亲切、自然、坦诚之余，也可以容许自然的一段空当。大家目光移往他处，偶尔各自沉吟思索片刻，再开始话题，有何不可？

不是说要故意搞拍电影的气氛，而是说我们能不能"安"于这种空白，这其实是种能力。

见微知著，安于彼此的对话与停顿，也安于独处思绪的活跃或放空。

我们都还在学习。

而聚会，有时也不免照映出个人的虚与实、浮与沉、真与伪、过与不及。

野兽与天使

去作家曹又方小姐家探病。到专卖生活布品的"依卡",挑了美丽的印度长方桌布,又买了可以打蝴蝶结的同色藏酒袋当礼物袋。

去探罹患癌症的优雅睿智前辈作家,送花太简单,送奶粉、水果、书,不必了吧?如果我自己面临生命的关卡,也许也欢喜收到华而不实的东西。

这策略似乎奏效。又方姐雍容依旧,气色极好,拿到有创意的礼物很开心。安详的脸上只有谈到医院医护人员的冷漠粗鲁,才显现对台湾社会人品质低落的激动。

半夜进来病房换药换点滴,唰的一声把所有灯打亮不说,离开时还任由门砰地关上,连稍稍带一下避免吵扰病人,也没有心。做检查时自己握着点滴瓶的病人,挪动身体上照射台稍微迟缓一点,又被骂,跟护士说:"我也想快,但拿着点滴动作不方便,快不了啊。"对方回骂:"别人还不是都一样!"

不怪单一医院的单一医护人员，这种情况一定到处都是。我跟又方姐说比较会想的人除了受气，还要帮忙替不体贴——其实是内在贫乏、无力体贴——的人找理由"合理化"他们的粗暴行径。

谈人的品质？我真真怀疑。这残酷世界，遇到野兽是常态，遇到天使是奇迹。

在分裂的痛苦中，你问自己希望努力趋向哪一边？

喜欢但无法拥有的礼物

朋友农历生日，却弄得气呼呼的。因为突然有人送了一只猫去他家，让他母亲急电他返家处理，因为他老爸很讨厌养宠物。

猫是他喜欢的双瞳波斯猫，日期是他人少知道的农历生日。可是，能够获得这些资讯的人应该也知道他家绝对没法养它。

无奈的朋友到处问有谁能养，最后拜托家中已有两条狗、不怎么喜欢猫的妹夫暂时代养。暂时解决一个自己喜欢但是无法拥有的礼物，女友又喜滋滋打手机告诉他："明天要送你一个生日礼物，活生生的，很可爱哦！"他迁怒了，口气不佳地告诉她："为什么你们都要送自以为可爱的东西，却不想想看会造成对方麻烦？"然后，竟然气得一夜失眠。

结果，事后发现，现任女友要送他的是棵植物——也算活生生的！

你会说我的朋友小题大做。可是，我想我懂。童年起不能养猫的被剥夺感，让他面对这局面而爆发。因为每人都有不同的限制，不是谁都能拥有自己想要的东西或生活方式。

在他身边的人，爱他的人，应该要能体会这种限制，陪他一起克服，或者割舍。一时浪漫的送礼，造成多少的额外负担，他内心的再一次受伤，还有可能导致一只猫被抛到街头流浪！

闻作家自杀身亡有感

听说散戏后还跟同伴说要去买衣服，谁也没想到次日他趁妈妈买菜时，在阳台上吊身亡。

之前也只读过他一本很聪明博学嘲讽的黑色幽默短文集，其中《不励志小品》片段："座右铭这种东西，就是贴在墙上三天后就想撕下来的东西。""……这很像是劝人不要自杀的劝言一样，说什么等到明天天亮，看到太阳和小鸟就会觉得自己为什么昨天那么笨。但问题是：明天想开了，但是后天还是可能会想不开，然后大后天又想开了，如此周而复始，没完没了，这才是令人感到虚无到活不下去的原因。"

不必管媒体最喜欢追踪的八卦，单恋也好、嫉妒也好、失望也好，怎么看都不像是让他告别尘世的关键原因，更不要说是唯一原因。据说腼腆内向紧张的他，本来就想过自杀千百万次了吧？

不为这，也可能为那；不因这根稻草压垮骆驼，也会因别根。他自己说了："虚无。"虚无才是无药可救的致命病毒，而虚无感是无所不在、防不胜防的。

工作变得没必要，责任变得没必要，奋发变得没必要，追寻变得没必要，必要变得没必要。虚无真的严重发作起来，死一点都不可怕。现况不会改善，即便改善了也不会长久、不可能全面。人非上帝，而上帝又看不着摸不到。虚无是彻底的放弃。虚无是地狱相。

听到有广播节目劝听众，对于情感受挫的年轻人未必能讲道理，也许可用陪伴的方式，陪他们做有兴趣的事。可惜这道理大概不适用于会写作、创作的人身上。艺术倾向的人即便人前再谈笑风生，还是遁入孤独感觉最自在。身旁亲友要如何与孤独之美搏斗？

虚无的人看破一切励志作为，嘲讽科学与道德，不信权威，不走温情。彻底虚无者不信人也不信神，更不相信自己，不吃软也不吃硬，步步斩断求索之路。决心自杀者可能表面若无其事，其实隔着十万八千里看待人事。寻死者也吃饭，也听歌，甚至也说笑，也助人，但是他知道只是在暂时演一出戏，温驯配合罢了。他困在否定、对立的脑意识与潜意识中，春蚕到死，呕心沥血。

决心寻死者的面孔是神秘的，留下的谜团变成一则肉身艺术，让后人臆想论断——这可能是某些寻死者攀附到的一丝快感。决心寻死者脚步轻快，因为他以为可就此一了百了，或进入未知之境。如属后者，那大概也是寻死者最后一线好奇，他们要以身相寻这答案。

可惜，凡人寻常的自杀通往不了天堂或佛国。因为虚无、受挫、愤懑或悲怆而自杀，在哪一个宗教或灵修体系里都不算善终。

稍晓世事的人当然明白，劝话说得再舌灿莲花，也不一定能被听进去，最终还是要看当事人的心念与福分，转不转得动，开不开得了。但是，人事还是得尽，所以我借一位年轻作家之死而说了。文坛有没有损失、有多少损失，相对来看其实没那么重要，我们能不能从每个悲剧或伤痛中认知神圣的生命之道，才该是人最关心的。

她干吗自杀？

晚间去电，他正在打线上麻将，聊了琐事后，跟他提到我这几日看了两部南京大屠杀的纪录片，很沉重。

跟他大致介绍下，两部纪录片都来自一九九七年南京大屠杀六十周年时，一本华裔女作家写的书，引发世界关注，十年后才有这两部作品。

跟他说女作家后来自杀死了。他轻佻地立刻回应："哟，那些家破人亡、被强奸的人都没自杀，她干吗自杀？"

我生气地试图解释：这是她第二本书，她是写第四本关于"二战"美军在菲律宾事件的书时自杀，可能长期太投入这些受害者的生命经验，觉得天底下太没有正义，承受不了。事实上她最后忙于工作，父母、先生、好友也未必那么肯定到底发生了什么事，让她崩溃。

但这有那么难以理解，或者说，有不合理到不能付出一点基本的同情心、同理心？

甚至，在来不及了解来龙去脉前，在一边打线上麻将一边没准备好回应这么庞大的议题前，保持一点点缄默，算对死者的尊重，也好。

怎么会好像张纯如做了什么天大的错事、笨事？干吗去自杀？

我还回说："你怎么知道那些家破人亡的，很多后来没有自杀？"不管那些受难者当其时有没有死，随后有没有寻死，一个几十年后的报道文学家得知真相后受不了刺激而自杀，有这么不可能、不应该？

我说我不要讲了，要挂电话，他不耐烦地冷笑道："好啦，随便你，只要你不去自杀就好了。你看了这两部片，不要自杀就好了！"

不是标榜我多感性、正义，看了两部纪录片就心情沉重，而是惊讶，我们身边，到底有多少看似熟悉的人，灵魂在某一刹那可能与我们如此割裂？

然而我们仍得继续与之周旋共生、尝试理解。

抗压

自杀，当然是一种当事人认为的"走投无路"。

自杀，以高级的宇宙法则看，当然是一种没有智慧、也不值得鼓励或美化的行为。

但是，寻常人间，这还是一宗值得叹息的悲剧。

年轻艺人之死，又让大人谈到"抗压性"不足这件事。

但大人世界，抗压性又有多足？

年轻生命不懂弯折，所以被狂风吹断；成年人，却在压力下明哲保身、委曲求全、通权达变，甚至出卖自我——这叫作"抗压性很足"？

这样的"抗压"真的可取？真的是上天所期待？真的是年轻人的表率？

压力一来，立刻变得现实，立刻加入魔鬼，立刻"西瓜偎大边"①，立刻"合理化"不合理的事情，转而向年轻人喊话"励志"，要大家：想开点、乐观点、积极点、正向点！

通往任何地方的旅客，都可能乐观积极。但地点呢？

其实细微地看世界、看人心，我们不难看出"抗压"绝对不是某些学者以为的那么单纯。

不死，并非就是成功。

我们常常虽生犹死。

看看大自然，面对压力，万物是如何回应、调解或抵御，其实没有一种解法。

刚强与柔弱，都可能无法冠上"高贵的"或"卑微的"这些有道德意涵的形容。

死者往矣，但故事继续。自杀不会绝迹，压力也永远存在，大人也好，少年也好，我们依然在接受生之试炼。

也感谢尼采说："凡没有摧毁我的，都使我变得更强大。"这句话确实给我力量。

---

① 西瓜偎大边：台湾用语，指趋炎附势，投靠有权势的一边。（编者注）

厌世

更不更新，只是表象。厌世之心，不曾稍减。

厌世，自也无法不包含厌己。

所谓愤世嫉俗，那是比较得来的不公平感、被剥夺感，愤世嫉俗者也许想加入俗，或想领导俗，或至少想过得和俗一样好，却不可得。

愤世嫉俗者，谈不上厌世。

我好批判，却非愤世嫉俗者。我无意过许多人追求的生活，对越来越多环绕身边蠢人的纵笑、睥睨、大惊小怪、装模作样，如睡针床。

而他们自也如此看我，觉我与他们不同，竟敢不相往来，竟安于不相往来。

还好，出门后遇见的不喜欢的人事物虽多，还能选择少出门、少碰撞。

还能守着积蓄，低调生活，低限工作，还能大隐隐于市，宅得少找自己麻烦。

还好，还能守着极少数的交情、纯真，片段滋润。

还好，世上还有吸引我的人事物，不致让我枯燥烦腻一无所依。

厌世者非屈原，他没有效忠到可牺牲生命的对象。

厌世者自也做不了庄周，也许两千多年来偌大的国土也只有一个人曾如此潇洒。

厌世者，总还是攀着一叶柳枝，即便是柔弱的柳枝，才勉强不坠江而亡。

人，哪那么好当

人哪那么好当，人生哪那么容易过。

到老了，说我个性就这样、我习惯就这样，都一辈子了，改什么改啊。即便表面说想改，但借口是："怎么改？改不了了啊。"

但问题在三十岁你有没有自觉？四十岁你有没有自觉？五十呢？

从来没受过挫？没受过罪？没因为某些个性、习惯吃苦？一点都没自觉哪里出了问题？

还是就算遇到问题，就算在二十、三十、四十、五十岁的阶段有人点你、提醒你、甚至批评你、教你，你也从来没当一回事，没有想学。

那么一转眼到了六七十岁的年纪，当然可以倚老卖老地说："我就这样，都一辈子了，改什么改？也不必改了。"

所以不要一概都赖到年纪。你我在年轻的时候，在还能有点学习力的时候，还有羞耻心、还能立志，还愿意矫正的时候，多多少少该为自己尽一点心。

多多少少该把从初生的你，做点琢磨、打造、修正。

重复我的结论：人哪这么好当，这样顺着性子胡混一辈子、瞎搅一辈子、碰撞一辈子。人不能总像孙猴子一样无法无天！

余生

人生没有什么意思，只能靠人活出点意思。

努力工作，也努力娱乐，似为仿效蚍蜉撼树，战胜一点不成比例的空虚。

非目中无人，但现实里，智力感性匹敌，又对我有心有义，能长相厮守者，确实罕遇。

不可扼抑的寂寞，只能继续努力工作与娱乐，蚍蜉继续撼树。

更可悲的是知道，这情境绝不孤单，地球上历代文明包括当今，发病者，多的是。

近年离佛日远，已没有足够愿力，度己度人。

要单纯依赖天父的怀抱，幻想天家，也非我的福分。

五感日衰，更无法催眠自己一切皆处人生最黄金期。

严格说来，已无任何奋斗的目标。若非畏死，若能自主，若能羽化，未必留恋此情此景。

余生，只能好好地养生、送死：养父母和自己的生，送亲友和自己的死。

老人的任性

很多时候，无法原谅就无法原谅。时候未到就时候未到。

智慧未开，强迫开也没辙。肩上石头还背着（或肩上看来没有大石块，但裤口袋还揣着几颗小石头），就不必假装轻松。

明明仍有疙瘩，明明无话可说，明明某人还欠交代欠道歉欠悔改，硬要拥抱，硬要见面聊天，硬要加为好友，硬要立刻谈合作，以示宽大，以示破镜重圆，以示无芥蒂，都是勉强。

有人爱演让他们去演，有人爱勉强修炼让他们修炼，有人迫于现实，在电视上在演唱会在办公室在朋友聚会在脸书微博，不得不上演大和解，辛苦他们了。

但我只要还有一丝空间一种选择，我有我的脾气我的原则我的一点你说气节也好、情结也罢，通通无所谓。

没过关的，就还在等破关。

过不了关的，绕路而行，也是一种解决方案。

看看"恕"这字，不是假情假意做做场面的放下，或是某些宗教团体与灵修人士的自我催眠半强迫式正向思考，而是"如心"。

问问自己那心口吧，是一张嘴在说话，还是众声喧哗?

都年过半百，谁想勉强我?

多幸运的任性——专属无须那么为稻粱谋的半退休老人。

和友人偶语

我其实没太累，你也知道，但心里沉。

特别不想与这世界竞争了，看很多人事物都距离自己标准、口味太远。

只好缩限在读书、看画的小世界，追求一点生命的纯净。

你跟我不同，毕竟人生阶段不同，你是为了江湖行走的持续奔忙而累而烦，你正年轻。

到我们这年纪，就面对父母的健康、身边长者或同辈的消逝或挫败，特别容易感觉人生过了半场的省察、遗憾与不可改善。

时间之王？空间之王？

你从属于时间，还是空间？

每个人在三度时空现实中，都受时间与空间支配。但，你的心智，从属于时间的比例较大，还是空间？

"我是公民"的文章《你是时间之王》结论道：

"人应该为时间耕耘，而非为空间奔命；一个人无论占有多少疆土，如果不能在时间上做自己的主人，其所拥有的仍不过是贫困一生。真正壮美的生命，是做时间之王，而非做空间之王（或者奴仆）。以生命与时间的名义，每个人作为其所生息的时代中的一员，不应该停留于寻找地理意义上的与生俱来的归属，而应忠诚于自己一生的光阴，不断创造并享有属于自己的幸福时光。"

欣赏作者说："无论占有多少疆土，如果不能在时间上做自己的主人，其所拥有的仍不过是贫困一生。"

反面推之，就算一人身陷囹圄，不得空间移动自由，但若能保持时间的自由，仍可为富足自主的一生？（当然，真为囚犯，时间也不自主。以上纯属假设。）

基本上，作者的结论很吸引人，但深究还是有些疑点。

比如，真正壮美的生命，若能做时间之王，又当空间之王，不是更爽快、更壮美？时间与空间的驰逐，未必矛盾。亚历山大大帝与成吉思汗这种豪雄，毕生秉己意率大军开疆辟土，你说他们是空间兼时间之王，未可乎？

即便现代高阶管理人、富豪或自由工作者，飞来飞去当"无国界族"，见识既广，资源亦丰，省了时间又多了事功，要称他们是时间兼空间之王，也未可乎？

但明显的，我们未必同情、歌颂或想效法以上所说这些"时间兼空间之王"。除了我们能力、胆识不够，还可能有什么原因？

更明显的恐怕在于，我们基本上无法想象什么是"时间之王"，抑或"空间之王"。

至少我，根本不信"王"。

你能较大幅度支配自己一天的作息，能有钱有闲支配自己身体移动或驻留的地区，这只是"相对意义"上的成功、自主，跟"王"还差得很远。

即使我们在全世界都有能力置产，但晚上还是只能睡在一张床上，何"空间之王"之有？

如果我们有能力买别人或机器的劳务，让自己更清闲、更有效率；或者我们能早早退休，有大把时间随心所欲，但谁也停不住衰老，止不了无常，这又何"时间之王"之有？

即便我们相对别的不幸、愚痴、粗鄙、驽钝、穷困的人，有较为幸福的时光，但依然在时间的无敌前，只能谦卑、匍匐。

但作者的结语还是充满励志性，我们都可以好好忠诚于自己所愿、所志，善用这一去不返的光阴。

至于王不王、卒不卒、囚不囚，再说吧。

不断取舍的过程

一边清仓，一边回顾看过的书，发现好多人、好多想法，都已经从"我的最爱"变成"资源回收筒"。

就像网络上"我的最爱"（bookmark），也曾因一时兴起，很方便地把许多网站加入，但是后来，少有几个会再去点选。甚至，只看到站名，还想不起来里面真正吸引你的内容。

虽然不像家里书柜或衣柜有容量的问题，但网络"我的最爱"或"通讯录"，我还是每隔一段时间会去清除。

这是小型的检讨，也包含对人我关系、人和世界关系的评价。

把缺乏回馈能力和意愿的个人从"通讯录"删除，把不再频繁吸引我到访的网站，从"我的最爱"去除。

谁说人生是建立在不断"累积"的过程？也许人生只是一段不断"取舍"的过程。

当我很老

很老的时候，眼不能多看，脚不能多走，就算心里余烬尚存，同辈朋友老的老病的病肯定少走动，较年轻的朋友正值盛年各有精彩，你鸡皮鹤发也不再有什么好吸引对方。就这么漫漫一日，朝生暮死，难以打发。

公交车博爱座形同虚设，超高龄社会满车一半皆老者，互不相让。年轻人少，又成珍宝，当年买不起的房子被父母馈赠遗留，完成另一波财富重新分配。

无后者，无法仰赖残破的福利体系，只能持续从中年起的自力更生，并思索骨灰是否连塔位都无须购买。

很老的时候，很多书已经不想看了，没去过的名山大川依然是名山大川。人生的谜题解得开解不开或许都不再重要，就算重要也不一定有答案。

大众媒体内容与自己生活脱节，流行娱乐不想以你为目标服务，你们人数众多，但人微言轻，且常遭侧目、诋毁。

　　如果没有一点悟性、耐性，当举目现实都和你无关，只剩体弱心虚最为有关，如何与自己相安，如何相安到油尽灯残，是大挑战，是最后挑战。

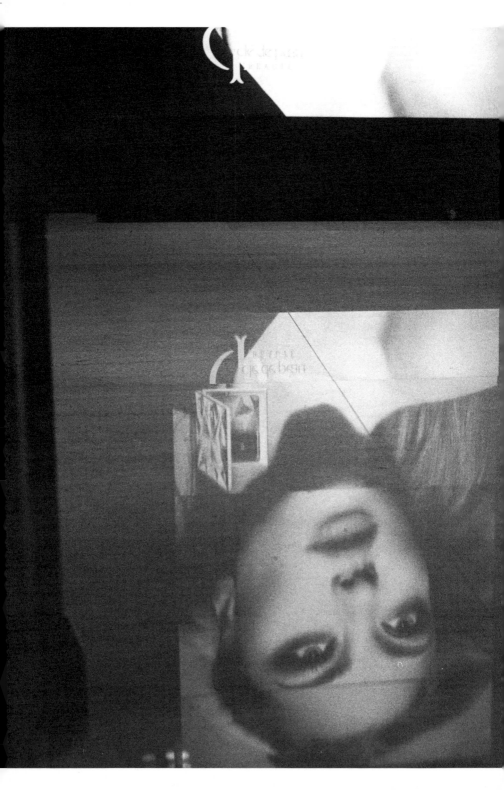

章节贰 /
是情

又是一年树绿

必须不断提醒自己，生命还是不断不断重来的。

门前的树，枯了一个冬天，没怎么注意下，一树都繁开了绿叶。

站在落地窗前，傻傻地笑了。动作这么快？我们也算老朋友了，日日看着你，说绿也就绿了。

未知地酝酿着，背着所有人，背着鸟与蜂。

这几年很怕听坏消息。不管是很熟或不那么熟的人，死亡都让我惊心。

越硬起心，越觉着那股后坐力。

如果发生在父母、亲人、伴侣、知交上，不知道还要多震动。

读过很多书，知道很多理论。其至，也浅尝修行的滋味。但现在都没用，或者，不够有用。我还不够强。

而心力、法力、慧力还不强的我，也面临自身病弱的魅影当头罩下。

　　绿树萌芽再开，是春天的气息，但一如我在金基德《春去春又来》影评说的："春来春去，人间与天地一样不断轮回，有人以为春去后又来，是一种希望、一种温馨，但从轮回的角度，那只是人类意识的自作多情。"

　　难过的时候，拿起阿桑的首张专辑来听，《叶子》还是如此凄婉、宁静。

　　二〇〇三年的歌，二〇〇九年乳癌过世的人。"我一个人吃饭、旅行、到处走走停停，也一个人看书、写信、自己对话谈心，只是心又飘到了哪里，就连自己看也看不清，我想我不仅仅是失去你。"

　　我想我不仅仅是，失去你。

关店

捷运站内面包店忽然关了。一个好小的店面，店员从早到晚得站着，没一张椅子。

常路过的茶饮店忽然搬空出租，前一天都还没看到迹象。

西门町一家小吃店，招牌和菜单没换，以前一批认识我的中年太太却换成了穿制服的年轻人。

面包我买过几次。茶饮一次都没买过，但常跟某店员四目相接。小吃店看来是把店盘给人，妈妈服务员们都退休了。

不管需求多少，我们总需要些"习以为常"的人或事物。就算视而不见，就算觉得一辈子可能都不会用上、光顾、来往，但这构成大脑中某种熟悉的神经回路，这是人性索讨的安全地图。

有时不喜欢这种感觉，看似漠然的单调中依然有无止境的无常。

有时你稍微跨出去半步，人家却退缩了，让你知道又一次热脸贴人。

有时手机显示未接来电或脸书私信，你却先迟疑、后决绝，知道不想与这人有太多关系。

每一刻唤起你生命中喜悦或不喜的对象，都不同；每一刻我们创造了不同标签与属性的外境。

也许，我并不真的留恋那些关了或消失的店。只是拉下的铁门提醒了某些明知却回避的东西。

如烟往事，本来无事

觉得自己：有大人的头脑，老人的灵魂，孩子的心。

很多事，看得不是不清楚，大人把戏，差不多都熟悉。

但对于要不要玩那种游戏规则，却有孩子式的洁癖或任性。

遇到挫折，也会有孩子般的心情起伏。

最终，却有一个老者的灵魂，出来安抚并调御："这，都会过去。""凡事都有因果，都有阴晴，祸福相依。"

但孩子的心情、大人的见识，仍交替主宰着平时的身心反应。

这是我的功课，也会是很多人的功课——只要你还是"人"。

回母校参加六十周年校庆，听小学珠算老师讲了我完全忘记的往事。她曾在我大学毕业当年，收到我的卡片和毕业照，卡片上说以后我有什么大事，都会再跟她报告。

我隐隐惭愧，原来，当时我并不知道，对这位老师的承诺与亲近，也在这卡片后悄悄画下休止符。

还好，一见到面还是认出她，并给了老师真诚的大拥抱。

现实中的我，面对老师提到的往事，竟也很快找到方式搪塞过去，跟老师说："可见，后来这么多年，并没有什么大事发生。"

这句话，可能太玄了，或者，太混了，让老师一下子脑筋转不过来，放了我一马。

这么多年，到底发生了哪些大事啊？有吗？恐怕很多，但也可匆匆几语带过。

如同我们跟许多学生时代至交一样，后来都没再更新彼此生命的内容。

如烟往事，到底有多少大事发生过？

更高的灵魂或者要说："真的，本来无一事。"

你一点都没变

"你一点都没变"这句话如果存在于十几二十年不见的人中间，显然是人情温暖大过于科学实证。

说这话的人肯定没看到你黑发下的白发、黑眉毛掺杂的白眉毛，没看到你日渐加深的法令、抬头、眉间纹；当然更不会看到你五脏六腑的衰败和越堆越高的心事城墙。

没看到，不也挺好？

说这话的人最适合得到的回报是："你也一样。""你还不是一点都没变。"

"你一点都没变"说到底，仅仅代表"你没有变到我认不出来的样子"。

质胜于量

生命中已经有摆脱不了的血缘、难以割舍的伴侣，面对其他，人应该要求某种纯粹。

何必再应付令此时自己失望的旧识，哪怕曾赋予浪漫或信任的对象。

曾走过的，就已走过。说是无情，是有更大的认真。

是真的，才认。

勉强的、拖沓的、别扭的，自以为在延续着的，缺乏创新与勇气的，都只能重新归位。

这份决绝，从 2011 年一连串的死亡震撼开始，逐步敲痛了面对现实的自己。时日无多，就算比此刻的小我想象得多，但标准已经改变。

质的要求，从来胜过量。这是宿命，也是喜悦。

不曾清理的房间

　　每年除夕，和爸妈妹妹吃完年夜饭，打牌到零点整，互给红包，然后在老家睡一晚已成习惯。

　　年初一七点醒，其余人都还在睡。躺床上看着昔日自己的房间，颇为残破。

　　不只我房间，整个家都有点残破吧。但东西这么多，住了这么久，不是简单处理可以解决。

　　就算不整修，有些东西总可以清掉，但显然这不比整修来得容易。

　　不知道其他老人如何，我知道在我们家要丢东西是不易的。

　　妈妈喜欢以国语台语夹杂说"到老你就知"，当成某种借口（与预言？），但我很确定我很多事情不会照着上一代老路走。

　　就跟我的中年也与父母的中年不同，与我未满二十时讨厌的许多中年人不同一样。

要相信自己某些面向可以做到不同的样子，遗传和家庭未必有决定性力量。

一台黑白电视机、一台故障的录放映机、许多 VHS 影带、许多还用牛皮纸包起来的书……这都还只是我旧房间杂物之沧海一粟。

因为不住了，所以也就随便这里被爸妈堆些什么。

许多人不愿清除杂物，往往不代表恋旧，而只是对未知的恐惧。而死，是人脑最大的未知。

许多老人就这么让东西淹没着。好像不丢弃就代表某种拥有的可能。

但这只是幻觉。

不过，就让每个人保有自己的海市蜃楼吧。

和老爸的晚间谈话

难得在晚餐结束看完报纸后，拐进爸的房间聊聊。

一般是进妈的房间处理财务事宜，或者，听她讲讲话。

妈多话，爸寡言。多话的需要听众与互动，但沉默的老男人也需要关心。

甚至发现，平常几乎不会主动开启任何话题的人，也愿意、也能够在如乒乓球往来的正常节奏下，聊上一阵子。

比如：这晚，我先以听说爸妈在美国老友的先生过世，破题。

爸爸感叹了下，转而提到他的同学、平常固定在大安森林公园走园、聚会的某位伯伯，最近连着摔跤，看来老人痴呆转严重了，方向感与记忆力出问题。这是第二话题。

我转而问到其他叔叔伯伯的健康状况，谁比较好，谁注重身心劳动保养；并聊到我住处楼下九十一岁老婆婆每天健朗地独自出门的事。这是第三话题。

　　然后父亲勾回几十年前去过纽约，那时刚过世的这位伯伯还在 twin tower 里面上班，爸爸还去过他办公室。还好他十多年前退休了，否则"九一一事件"很可能也会害到他。这是第四话题。

　　从"九一一"，提到美国当年多强、人民多骄傲自信，哪里想到后来这些事。父亲提到自己当初海军留美一年半，幸运地拿每天四十多美元的伙食费，打下还不错的体格底子，到现在才能还算健康。这是第五话题。

　　那时美国的确是第一强国。我从这想到问爸爸小时候的状况，聊到当时南京家里有电灯、但没其他电器的年代。这是第六话题。

　　第七个话题，谈到了一个国家内部的贫富不均、整个世界上不同国家间的贫富不均，已经到达一个不可思议又无法挽回的地步。

　　爸爸点头，竟讲到当初沙皇时代发生革命，正因为人民实在受不了了，十字军东征宗教意义的背后，也跟教廷鼓励追求东方的财富、权力、土地有关。我也想到历代历朝，起义（或说造反）的头头怎么以"打进城，里面就有粮食、衣服、女人"作号召。

　　然后我们共同谈到：未来世界还不知会怎么变，但肯定有些令人受不了的事情终究会达到临界点。

　　老父在前，我不敢说我根本不想活那么久、得面临那么多变局，也不敢庆幸对方："还好你不用活那么久！"

就止住。今晚的闲聊已经够令我惊讶，爸爸还是可谈的，只是真的可能需要恰好的对象、话题与谈话技巧。

每个老爸爸，也许都需要。

讲完后，又折回妈房间，稍微再聊了下才离去。这是各家人子得自行摸索的平衡技巧了。

论父母

父母没有天生的权威。以达尔文进化论或佛家轮回角度，父母的智商、道德、才华，不一定需要高于子女。

要说天生，父母有的应该是天生的责任、天生的爱。但古往今来，多的是连这天职、天性都抛弃掉，甚或发展不全的父母。

我们看过没有一点性知识就怀孕生子的父母、没有爱也怀孕生子的父母，更看过抛弃、虐待、性侵、偏宠某一儿女、逼迫儿女牟利的父母，他们也是会造人的生物。

稍轻微的，不珍惜儿女差异、不尊重儿女权益、不理解儿女想法、专事打击子女自信心与企图心的父母，在这地球也所占不少。

父母坚持传统威权式的权威，在当代已面临巨大挑战，不能适应的父母很辛苦，当他们的子女也苦。

像我这一代人，面对子女多少已比上一辈民主、开放、尊重，这里面有时势所趋、不得不然的教育观念使然，也可能有不少当事人的无奈隐忍。华人世界现在的中年或年轻爸妈，很多只是配合整体社会气氛演出，尽量去跟青少年儿女"做朋友"，但内心还是渴盼施展权威的。

权威不一定错，良好的权威在文明中利于建立功业，病态的权威则是透过家庭、家族、民族遗传的毒。

是人都会犯错，都有缺陷，为人父母只代表这些男女有生出下一代（还不一定是生养、生育）的能力，但威权人格者却不容许别人说他们可能错。

偶尔，威权型父母可以自嘲（在他们心情大好时），或接受儿女的言语调侃、开导、批评，但一般来说他们心情好的时间不多，伴君如伴虎，老虎随时可变脸，同样一句话，父母随时可认为你顶撞、忤逆、不孝、犯上。

"管你有理没理，你是儿女，就轮不到你来说老子、老娘。"这是多数天下父母心的显台词或潜台词。

年长只是老化，没有道德含义。老年人不一定更有智慧、慈爱、勇气与正义。年月带走柔软的躯壳，也带走多数凡夫俗子的纯洁、热情与诚实。

以为活得越老，就一定比子女懂得越多或者有逐年增值的话语权，不但不符合真理，在操作面上更是日趋渺茫的奢望。

人只能以爱赢得爱，以尊敬赢得尊敬，以陪伴赢得陪伴，以信任赢得信任。

不顾是非、只顾面子，不认亲情、只认尊卑的伦理，是一种暴力。

生病考验人际关系

生病可以考验自己，也考验周遭的人际关系。生病让病人从成年返回小孩，知觉产生更细微的变化。当我们批评病人"情绪差""脾气大"的时候，要了解受苦最深的绝对还是当事人。

病人对噪声、不良空气、碰撞接触的忍受力，大大下降。因为，他们的神经比正常人更紧张，抵抗力也较差。

病人不能多说话，多说几句气虚头晕，这时当然希望在旁的人都变得耳聪目明、心领神会、一点就通，一个眼神一个动作几个单字，就能让大家知道他的需要。

病人发脾气，除了是对环境中粗鲁或不协调事物的抗议，更是对自己的失望。病人讨厌变无能，讨厌生活品质下降、生活步调变慢、原定工作或玩乐计划改变，讨厌寂寞孤单的感觉。

病人都是小孩。生病和死亡一样终究是个人的事。再多亲人看护陪伴，再多医疗资源医学知识，也还是得自己承受细微或猛烈的难受。可是，病人仍然需要慰藉，要觉得"我不孤单""我不是别人的累赘""我还是被喜爱呵护的""我没有被嫌弃"，甚至比平常需要更多量的甜言蜜语，保证再保证。

平日个性柔弱的人如此，看似独立刚强骁勇的人，可能更需要。

陪伴或安慰病人的方式有很多种，但最重要的是，切忌理所当然用对自己的方式去对病人。

除了某些通则可以参考，包括探病时间勿过久、随时察言观色病人此刻的状态外，有的人就是对某些食物忌口，有人就是很不能熬夜。病人如果自律，我们正应该鼓励并支持他的养病之道（而不宜反过来嫌麻烦表示："有那么严重吗？""拜托，我以前生病还不是照样……"云云）；如果病人习于偷懒或放纵，现在正是好好趁机劝诫他采行某些养生之道的时刻，不宜姑息以影响恢复。

若生病的是情人或配偶，更是你表现亲密和体贴的时机了。在平时两情相悦说"我爱你"容易，在彼此都有情绪又有芝麻绿豆大事考验时，发挥"同理心"却相当困难。谁都讨厌看别人脸色，谁也不想没事服侍在侧，可是别忘了你们的关系和其他社会关系不同，你们曾经正式或非正式地互换了承诺。

除非我们看出生病的一方抱着"以退为进"心态，变相"剥削"

家人的同情、温柔或劳务，否则，相对比较健康的你，这时还不愿多担待付出（不管利他或自利的理由），分明是离"自我中心"靠近一步，而离真爱更远。

活太老的副作用

活太老的副作用之一是，总听到认识的人的死讯。

刚开始，心惊难受；慢慢地，习惯镇定些。

但永远没法完全麻痹。

毕竟，别人的离去提点着我们的前途。越熟的人，这课程越血淋淋。

活得越老，身边人死亡概率越高，普通交情的，听到对方死讯，胸口闷闷地"哦"一声，不想听又不能不听的魔音，再来骚扰。

交情深的，更仿佛把自己某部分瞬间卷入深深的黑洞。

那是我们和对方曾共有的生命情怀，却也是幸存者遭受死亡威胁后独自的情绪反弹。

而这些既无法反映在讣文，也无法在追思礼拜告别式上完整呈现。

甚至，不会在短期就宣告结束。

而可能在不定时的某个未来，回头要我们承认：还在咀嚼。

痴人，说梦

解梦主要分四个层次：主题、事件、角色、情绪。

主题最好认，比如说关于战争、飞翔、流浪、寻找、死亡。但也最易被忽略。

事件指的是剧情，剧情藏着各种细节，不管合不合理。很多人对梦最记得的是剧情（或者最在意剧情），会为某一转折的有趣或不幸特别上心，但其实它的影响力不见得最大。有时主题的重要性凌驾于剧情之上。

角色多半是人，其次动物，很少人进入植物或矿物情境（从修行层次看有别的解释）。人物最多的是近期想起或接触的，也可能是久违甚至几乎不会想到的旧识，更可能是陌生人，为了支撑此剧情出现的功能性配角或临时演员。

情绪则是总结此一梦的关键。梦是虚幻，也是实相，情绪是主体迎向梦的感受，小我对梦的本能解读。不管剧情好坏，不管平淡或离奇，梦中的情绪（比客观剧情）更能看出主体所处的境地。

身处险，但心不忧，险亦无险。身处乐，但心不定，乐亦无乐。

做梦，非人力控制，也无须控制。至人无梦，念念分明，非吾等凡夫炽烈大脑能及。精神修正者眠中定境，亦不能以世间一般所说"梦"代称。

但若干新时代信徒反倡造梦、孵梦之术，企图以意识侵入潜意识做主，以回馈或形塑醒时作为，乃庸人自扰，大脑又一诡计也。

我亦痴人，权且说梦。

梦中计划

第一次梦见计划自杀。

没有前因，只有当天处理杂事的片段。在浴室还被别人抢占浴缸，默默嘀咕了下。

继续安排（也不确定在安排什么），家中有人（既非现住处也非爸妈家），仿佛是小时候的老家，各屋颇多杂物。

爸妈还没睡，窗外有灯影，我也走动着，跨过床上的被子、地上的箱子，打量着具体施行的时间和地点（但不确定用什么标准打量）。

仿佛可以在一个时间点像说晚安那样，说走就走，只差决心。但完全不记得要用什么方式。

整个动态中，除了最后的一丝不舍、犹豫，很少情绪，好像预备执行某个任务。

最后，也不知道什么样的动机，觉得不适合了。我（也许）苦笑。

是求死的怯懦，或求生的坚定？在琐碎的生之行动中，淡淡放弃。

不是离别

跟某人说周六要去参加公祭。

他回道："我不喜欢离别的感觉。"

我说："这不是与她离别，她早离开了，只是致意，并且与其他人共同和回忆对话。"

注意到他总回避感伤的话题。

那天谈到忧郁症，他也立刻说他不喜欢谈忧郁，转移话题问我火锅在哪儿吃的？

在我追问下，他说他是为了怕我沉浸在悲伤的情绪中，所以硬生生转移话题。

其实，回避的人未必是不感性的，也许正因为过去的感性让他们吃亏受伤，所以现在极力回避、绕开那些陷阱、地雷。

但我认为，从另一方面看，对很多人来说，倾吐、厘清反而是"正确的绕路""积极的转移"。

　　我并不喜欢去殡仪馆、告别式，现在也很少亲自出席婚丧活动，有时只是请人代送礼金或奠仪。

　　周末要去公祭，纯粹因为知道她没有亲密的家人，因为两度同事的情谊，因为她的惨死。

　　因为她让我再次逼视生命的脆弱无常，如果我们不愿从生者身上学习，死者常常成为另类的补习老师。

雪的初心

日本北海道之行，最美的应该是雪花落下的那一刻。多年前为叶欢专辑《谁在秋天捡到我的心》拍摄照片与 MV，在北海道乍遇初雪，这回竟然又赶上第一场雪。

同团年轻人多半没见过雪，兴奋地从地上、栏杆、树丛甚至车顶，碰触、捡拾甚至尝雪，那份悸动，当然不再属于我。可是，看着小朋友的兴奋，让寒凉的旅程多了些刺激。

可是，这份年轻人的激动，往往也维持不了太久。才第二天，有人跟我说雪下大了很麻烦，太冷。我说你还没看到真正麻烦的事，雪真正大了、积久了，步履艰辛，若还像当地人一样出外上班上课采购办事，大雪季节代表的可不单是浪漫，而多了严苛与危险。

我开玩笑举起英国海军上将威尔逊和哥哥童年冒雪上课的故事，团员们竟无一知悉。显然他们课本里已经没有这则外国名人励志故事。

但一路上不断听到二十多岁的男男女女叫唤"好可爱哦",还是一种难得的经验。他们觉得"可爱"的范围极广,从雪景、餐桌上的饭食、路上日本偶像广告到艺品店内无数的卡通吊饰等。我几乎要觉得身旁这些年轻的工作伙伴是一群小天使,他们这么容易知足,这么乐于分享快乐。

可是,严肃老学究的我,依然在路上和回家后发现:怎么他们觉得"可爱"的事物,台湾都不存在呢?还是台湾也有,可是平常工作时,没人乐意表现这份天真烂漫?一回家,回到平常环境,所有觉察力就自动减半再打折,大家都变得呆若木鸡,没有光圈,没有生气?

我试着调整心态,在民生东路和复兴北路口过马路时,睁大眼看到安全岛上的树丛在阳光下闪着金光,如果在外地旅游,某个年轻人,也会兴奋地觉得好美,值得拿出数码相机来个自拍?

没错,数码相机的发明和普及,让"到此一游"的范围无限延伸,我看到同团女生蹲在无甚出奇的树丛前或在店内拿着商品合照。这是怎么一种现象?单单因为不用冲印钱,所以可以尽情"拿相机写日记",还是也透露出:现代人比以前人更是大孩子,只是表面被强迫住在"社会化"的衣服中?

不到外国，不知道大家这么压抑；不到外国，不知道大家这么爱笑；不到外国，不知道大家这么爱买。

毕竟自己接近不大费力打点人情世故的状态，所以除了买少许名产给家人之外，这次无啥战利品。年纪大还是有好处，知道哪些"欲望"很容易在一周后成为"垃圾"，"好可爱哦"会变成"我怎么会想买这个东西？！"

如果在台北街头，很多东西懒得一顾或毫无需求，何必让身处异乡的感觉轻易蛊惑了荷包？这可不是容易赚钱的年代，至少我们可以选择少为欲望增加负担。

某夜居酒屋中，同行八九人分处五六七年级，聊到世代差异，有人羡慕请问我为什么看似比较无压力地活着，这是个正经的问题，只有诚恳以对。我并不是没有压力，只是比较没有压力。而比较没有压力是因为我的身心状态强过压力，就可以让这些压力在一定的系统中化解，不致衍生更大的破坏。

更简单说，你要敢于承受忠于自我。太在意主流评价、父母期许、同侪竞争，你当然只好不断有压力。我是到现在依然自在乘公车、捷运的人，尽管问我话的人视我为"名人"。毕竟，你越知道你是谁，就不会陷入老是等待别人肯定的败局。

罗大佑早期作品《现象七十二变》，结尾提到"只要你抛开一些面子问题"。那时觉得这答案太简化，不够作为结论，现在却体会出人类众多精神压力，的确来自"广义的面子问题"，也就是自尊心低落、中心无主，引发出嫉妒、贪婪、恐惧、求不得、怕失去种种负面情执。

雪，当然不是北海道才有，但真的需要一点点初心，你才会欣然微笑。

心性数位化

收到久未联系的人的问候简讯，很开心回复，并问对方情况，但就没回音了。我只好放下。

脸书看到近期心情欠佳的朋友，私信问是否想见面聊，也无回音。我也放下。

某人说最近忙暂约次月相见，但次月之后的次月，还是没接到任何主动信息。我放下。

以前也写过，有些人当面接触后觉得不错，想通过电邮再搭起友谊的桥，发信过去却根本没下文。

是否某些人只习惯单向发布，不习惯真实互动。单向发布、发抒、发泄，总是比较容易的。大概，很多人并非电玩迷，心性已数位化了。

不喜欢热脸贴冷屁股，但也得习惯，把脸转开。

没有一定要跟谁来往

那日跟同学午餐，不知他安排另两位久未见面的一起吃。

于是听到一堆陌生如封存的名字，在短短一两小时内。

有些被解除封印（暂时地），有些还是几乎想不起来，除了那三个字似乎听过。

有人到五十多岁还跟小学、中学同学这么密切，毅力惊人。当然也可能他的交游网一直比较集中。

我刚好相反，人生不同阶段有不同追求、邂逅、熟稔与分别。相对一般人来说，较为坦然。

而且，阶段过后，没有一定要跟谁来往。

不会因为同学，就来往。

不会因为同事，就来往。

不会因为同梯[①]，就来往。

不会因为亲戚，就来往。

不会因为左邻右舍，就来往（咦，这好像大家都一样）。

更不会因为同乡，就来往（又不是住在异国他乡）。

总之，认识的人三教九流，彼此吸引过的天南地北，曾经交会的若不再交会，都合理且正常。

每个人可能都一样，看承不承认罢了。

不是无情，不是冷酷，不是自闭（你爱这样想别人也无妨）。

就是没有一定要靠哪些标签取暖罢了。

所以如果本来就无来往，往往懒得参加同学会、校友会、某某会……更少联盟、阵线、组织、党羽、徒众。

就算这些年好像多参与某些公共事务，工作结束仍独来独往，工作中也难被收买。

这一生既短且长，能持续欣赏、关心、互动的，不简单，真不简单。

频率是物理性的，人与人的频率，更具备超物理性。

但我深深珍惜那些曾付出真心、自然相处的同伴。

可喜，现在依然有。

---

① 同梯：台湾用语，指同一批入伍的军人。（编者注）

小写的爱

小写的爱像开关，一旦开了，可包容的、可忍耐的，全部过关。

一旦关上，之前可容许可包含可等待的，通通不行了。

非但不行，还觉得可鄙可弃，还觉得当时的自己怎那么肤浅、那么矫情。

小写的爱，一旦对这人有点情欲、有些温柔、有些宠纵，问题就来了。

我们自动变成近视，什么都朦胧美最好。

或者自动变成远视，缺陷和破绽得拿到老远我们才看见，但我们宁可不把它推到老远。

还好（或者不幸），小写的爱容易打开，也容易关上。

于是我们常远远近近、好好恶恶地，调整那相当唯心的焦距。

爱情洗头论

有人问我"将就"。

将就，就好像头洗了，不得不洗完。

在一起五年，觉得"啊，都五年了"，没大碍，也没大幸，暂且还是往下走。

在一起八年，觉得"都快十年了"，没大碍，没大幸，怎么办？还是得走下去。

这是习俗，谓之道德，谓之责任。不管有没有结婚、同居，在一起就是一种没说破的契约，如无任一方通知则无限期自动续约。

然后，转眼超过十年，觉得"都快十五年了！"没大碍，也没大幸，继续吧？

也许有人带着一辈子的缺口、遗憾、幻想，就这么继续走了一辈子。

没大幸，也没大碍。或者，有碍，也有幸，加加减减一本烂账。

如果有人不喜欢将就，最好一开始就坚决不将就。

否则，绝大多数不以伤人为乐的人，很难抹除"洗头洗到一半就不洗"的强烈内疚。

爱情与面包

同时跟两个人即时通信，发现有些异曲同工之妙。

女生组，她犹豫该不该和男友分手，问我"爱情和面包"哪个重要？

我说如果你有面包，就比较容易选择。如果得靠别人，那就选择少了。

她说："年纪大了不想只靠自己的面包。"我说："至少女生还有这个选项，真好，一般男生想都不会想。"

刚巧男生组的公司今年赚了点钱，把前两年的亏损补回来。但又伤脑筋起来。因为他担心：

1. 赚不够多；

2. 该要赚更多；

3. 守还是攻。

眼前的小阳春能持续多久？是真正的打底之后成长，还是只是昙花一现或美丽的陷阱?

把之前裁掉的人找回来,是正确的开始,还是错误的重蹈?

女生问道:"如果既没有爱情也没有面包?"我说:"那当然该分啊。"

可是一般人却习惯留着石头,因为怕前方没有更大的石头。她说:"对啊,习惯带着石头趴趴走。"

任何"稳健"的人都会选择保持现况再观察,不管做生意还是谈感情,只是没有任何事情不会变化的。

你不变,他会变;你不嫌,他可能嫌。你现在容忍无味又没钱的关系,但五年后呢?你确定自己或对方还愿意留守?

你不变,环境可能快速变。你拥有的资讯永远在变,所以你想留着不满意的石头,但你还是得应变。

"配得上"的爱

电影《壁花男孩》（*The Perks of Being a Wallflower*）里语文老师跟男主角说的名言："We accept the love we think we deserve."

某方面这话是对的，而且很触动人，我们总以为自己不过就配得上这种人，所以接纳对方。

但，现实中，有时你喜欢的人和"对他不够好的人"交往，并不完全适用这句话。

我们喜欢一个人，有时纯粹是情欲蒙蔽理智，或者被恐惧驱动而委身。

对方对我们好不好，固然与我们的低自尊可能有关（以片中为例的男女主角是如此），但有时跟我们迷恋对方的优点与条件，权衡轻重愿意忍受缺点、做出牺牲更有关。

而所谓的对一个人好不好，如果不扯到暴力这种极其明显的凌虐剥削，有时跟每个人的需求、习性有关，而无绝对标准。

　　你觉得你当对方的另一半会胜过他现在的那一位，固然可能是有凭有证，但不少人纯粹只是一厢情愿。我们想要付出的好，对方未必真想要。

　　更何况，所谓的好，有时只是相处愉快、舒服，就像很多小说或影视描述的，你只是他的手帕交哥们儿，而恋爱，往往需要更多别的，尤其在青少年、青年阶段。

　　只有到荷尔蒙比较不旺盛的年纪，人们会更加感念相处愉快、舒服的状态，而更容易接纳这种所谓"朋友型的恋人""朋友转换成的恋人"吧？

这时该听哪一首情歌？

这时该听哪一首情歌？感冒失声还没全好，新书记者会就在明天，持续焦虑。昨晚又跟你分手了。勉强用微弱的声音，断断续续在电话上谈，有诚意，有愤怒，而你最后一句："不用见了，不想再让你继续失望。"也许才是真的。

我分析，你感觉。我不能说话，写洋洋洒洒的 E-mail，你简单回道："你说的我都同意。"我高兴又存疑，真的吗？而当我赶快打电话给你，你长时间的沉默却明显呈现对峙与失望（和你始终不承认的对关系中的敌意），一下又让我荡到谷底。

原来，原来你的那句话，只是想"快点结束纷争""不想和你争辩"的台面话。

一向遇到问题，我强调的"沟通"，在你看来是"多此一举""说什么呢""你如果这样想就这样吧"，统统是最令人沮丧的负面示范。然后，你还觉得"话都是你们在讲""反正我又讲不过你""算了，不谈不开心的事，待会儿又要吵了"。我们的分歧何止在这次生病才爆发？

我相信你是用你的概念"爱"过我的。即便到昨天，你还可能在挂完电话后大哭一场，或者打电话给死党说你"失恋了"，说"这样下去太累了"，说"我根本不知道他要什么，但是我就是我啊，我也不可能改变什么"。

随人去说，去建构文本后的附注及隐喻，我们俩曾经共同创作的作品，显然告一段落。你无表情地像是在对我说："好歹也是两个半月了。"是，我跟你说过我从没谈超过两个半月的恋情，当时的你惊讶、怀疑、开玩笑，不知道这确实有人性的理由。

终于，你放弃了，挑战失败了。我，也在梦中哭泣。

她差点就决定宣称自己是个失败者

　　她差点就决定宣称自己是个失败者，并继续实践这个失败者的意象，可是我反驳。

　　不过就是谈恋爱失败，不过就是分手分不成对方歇斯底里虎视眈眈继续纠缠，不过就是开始怀疑自己做错各种抉择——包括因怀疑对方不贞而分手，怕自己终究错怪了他？

　　人生压力排行榜前几名她一下都碰上了——或者说刻意让自己碰上——失恋谈判分手、加班熬夜、换工作、为逃避男友而搬家。只差没生场大病或者遇上亲人变故。

　　她直到压力排山倒海而来，才发现自己的每个决定都导致了新的压力，而自己根本无力对付。为了躲男友而不接电话拒绝联络，落得在公司或住处杯弓蛇影提心吊胆；为了情伤而分外不想忍受沉重的工作提出辞呈，结果主管慰留又做内部转换要衔接工作更添劳累。

　　因为没空找新房子而决定暂搬回老家，却让父母每晚担心自己行踪变成另一种心理负担，而且仓促搬家搬得心神俱疲，到最后一天竟然反向自己逃避多时的男友求助充当壮丁，又生藕断丝连。

我以自身经验得知：如果想借由逃避来减轻压力，你逃往的方向必定会形成下一个压力源，只看时间早晚或程度轻重罢了。

你依赖向亲友诉苦，接下去当然会承受必须向对方交代关切的压力。你依赖有形空间的转换（不管是换住处、工作或出国），就得承受另一个陌生经验的摸索和适应期。

你若选择立刻逃往另一个新情人怀抱来甩掉旧情人负担，几乎是注定要带着不完整的自我和不纯洁的情意，开始下一段对自己和对方都不太公平的冒险。

当生命中的大变动发生时，所有专家都建议我们要保留越多其他生活的平衡稳定越好。也就是说，我们要让白细胞专心对抗某个入侵病毒，而不是让全身免疫系统疲于奔命。

自暴自弃的人最容易放弃抵抗，在大变动发生时采取很多自以为能排解情绪的方法（如嗑药、酗酒、狂欢、大吃、与陌生人或认识的友人上床、刷爆卡等）来自保，结果这些行动往往引发出新的问题，事后又懊悔不迭。

而他们只会泪眼婆娑地说："我没办法啊……（那时）我怎么知道会这样？"更过分地有人会恼羞成怒责怪别人不够热心体贴伸出

援手，才让自己在"那最无助的一刻"选择错误的方法纾解压力或求助——意思是"你们都别再放马后炮了"！

个性当然影响命运，但不思索自己个性的黑洞而恣意沉醉那晕眩的快感，才是真正让自己掉得更快更深的原因。

你的太阳星座是什么、血型是什么、本命宫坐什么实在没那么重要。你决定要顺着自己先天命盘上的负面力量走，才让这一切变得那么重要。

失恋当然苦，无法干脆利落地分手，必须虚与委蛇或躲躲闪闪更苦，但这都已经是事实，就只能让自己有技巧地在钢索上漫步。而最重要的，尽量保持生活中爱情之外其他部分的平衡，以免自己完全晕头转向。

你说你做不到，一失恋就情绪不好地想连带破坏掉其他的人际关系或工作，那当然只好直直从高空坠下。

这时候也应该像开船，一艘大船要转向当然不方便，但只要目标明确意志坚定，不管激起多少小浪花或小杂音，都朝新的方向去，那么不管速度快或慢，总会离开原有方向的。

甜蜜之外的反胃心理

一个被交往十年的女友抛弃的朋友，失恋没几周，突然出现许多新的选择。

包括回笼的前前女友、同学的妹妹、出国旅游同团的女生，还有办公室里的工读助理，似乎全都对他有好感。

好事吗？很痛苦咧。因为，"十年前的感觉，还得再来一遍？"不喜欢计划被别人改变的摩羯座的他，这么自问。

除了第一个曾经交往三年外，其他的都是初接触，都在彼此身家报告或风花雪月的阶段，说和当年交女朋友类似的话，揣测类似的事，玩味类似的小暧昧。

即便是最让他有来电感觉的工读生，也不能让他少想到一点十年前和前女友说过的话、做过的事。

"天哪，我以为我一定不需要再经过一次这些事，一定就是和原来的女友结婚。现在竟然又要听一遍那些对方夸奖自己的话，而她们几乎完全误解了我！"他在车里吼叫。

"而我已经三十岁了。"他摇头，"这感觉好可笑。"

我想到另一位男作家，聪明英俊的他在九年恋情分手后，在爱情路上竟仿佛一蹶不振。事实证明：如果不是男方外遇，男人在婚姻失败后，受到的打击往往比太太更大。

可悲的雄性动物，以为一切在掌握中的丈夫，没发现老婆也能毅然决然地离去。

我能够体会他在享受某些甜蜜时，奇异的反胃心理，历史是太不真实的，而现在又有什么可以凭恃？他的内在某些部分，显然已经被打破了，不可能重新一模一样地组合起来。

他不是不相信这些女人，也不是不相信抛弃他的人，只是他开始不相信爱情的永恒——这就是悲哀的真相。

绷断了线

如果你不能爱，请不要太温柔地对待一个人。

如果你说你不承诺，只是行动派，那就请有基本的行动。

如果你只能做朋友，那就不要连朋友都不做。

如果你连朋友该有的回应都不做，那么就把仅有的一根可能调回正常的弦，都绷断了。

那残缺的琴音，在静夜会很恐怖。

越正常，有时反而能让痴心的一方，慢慢找到方式放下。

越平顺，原先你说的在乎彼此的关系，才真正显示处理的智慧。

但我们毕竟是无法要求别人什么的。

只能自我要求。

要求自己基本的爱之道德。

要求在听到琴音断绝的时刻，倒下得不要太凄恻。

男人会变心这么快?

两年多没联络的一个女生来谈工作，顺带倾诉了被男友甩了的故事。在美国念书认识的加拿大华人，男方高帅有钱浪漫，交往一年多，随她学成回台湾发展，已经订婚并定了结婚场地，却在服务的银行另结新欢后马上甩了她。

事前似无迹象，她问我:"男人会变心这么快吗?"我说会。追问她两个人相处从没问题?她才说有的，男方一直要求她更有女人味，让她不断为了讨好他而委屈自己。两年来她变成朋友都不认得的"淑女"了，却显然难抵挡另一个更符合对方理想的人。

她最气的是被甩过程中男方的冷血自私。比如，分手几周避不见面后为了钱的事再见，男方会说:"啊，你恢复了，变可爱、变漂亮了。我们还能不能做朋友?"她说不，男方说:"话不要说得太早哦，你是不是怕我跟你以后的男友说，我们有多好?"

男方问她在应征哪些公司，一听到某家就讥笑道:"那什么烂公司你也考虑？"还要她找到工作后告诉他薪水有多少！要她别去骚扰现女友，说："你知道我爱她比爱你更多！"高高在上不遗余力地打击被他恶性分手的女友。

我问她这种烂人你还和他扯什么？她说只跟他见面半小时左右。唉，真可怜。我这朋友马上回家看了一大堆爱情指南疗伤。

我劝她，不要努力忘记一个人，因为努力的过程就有聚焦，就在灌注能量，反而刻骨铭心。多做些别的事，其余，让时间慢慢风化吧。

论小三

人很难只对一个人贪，所以会有小三。

情欲不死，小三不止。

婚姻不是小三的终结者，而往往是催生者。

有一对一固定关系的地方，就可能有小三。

"道生一，一生二，二生三"，原来小三符合"太极"原理。

小三是原本关系的破坏者，却也可能是重建者，当然更可能达到三个人任一方"保证相互毁灭"。

小三不限于婚姻，在谈恋爱或同居阶段一样会出现。

小三不一定比你年轻、比你好看、比你有钱有势有才华或聊得来，甚至不一定和你同性别。

就像出轨的列车，首先该检讨的永远是火车机件问题（出轨者的生理）、驾驶人为疏失（出轨者的心理），以及铁轨变形或遭破坏（原本支撑两人交往的环境条件）。只有第三点中，正宫原配需要加入讨论反省，否则，出轨者永远有最大的责任。

情感关系的出轨，和交通事故的出轨最大的不同：火车不会因为漂亮的麋鹿经过，就偏离轨道；而你的老公、老婆、情人，却会因迷人（当事人自己定义的"迷人"）的小三牺牲你。所以，人类出轨事件中，小三当然也有责任。

小三是第三者，却不一定无辜。

有嚣张的小三得了便宜还卖乖，讽刺大老婆："有本事管好自己的丈夫！"请回头看看上一段比喻：一群高雅、健康、美丽的麋鹿，簇拥在一条火车铁道两侧，火车也不会方寸大乱自动出轨。但人类社会，诱饵愈多，上钩的愈多。

极少数小三修得正果，成为下一任伴侣，只要这婚姻表面上没再出现裂缝，人们往往收回鄙视，不再吭气。原来，人类是以能否赢得婚约衡量小三的"打击率"？

多数小三遭始乱终弃，即便一时挤走正宫，之后又撕破脸，或再被新小三入侵，这时人们往往认为小三罪有应得，对他的评语罪加一等。原来，人类真的以"打击率"衡量小三。

很多小三不在意别人承认，只需要爱他的那个人承认。

有的长期小三，连周边人都承认、默认了他的地位，可最重要的当事人、出轨者，却不够真正爱他。这，可能才是长期小三一生的悲哀。

婚礼背后

婚礼上，新人和家属当然幸福满溢。

但婚礼上，也总有不婚族愤世嫉俗冷眼旁观。

有人问我这样真的就能永远吗？

有人已经结第三次婚，说他的喜宴没有仪式没有致辞没有肉麻的誓言。

有人在谈论某位已婚男子当年短暂交往网友的同志疑云。

有人听到自己夫妇被传婚变各自外遇而哈哈一笑。

有人在说如果总决赛成绩不够好就让男友宣布娶她，嫁人算了。

有人希望我重开塔罗牌占卜，算到底还要不要在娱乐圈等待？

有人喝醉了，说真喜欢我的讲评我的文字强调他说的都是真心话。

有人在我问她最近好不好时，反问我：喜欢粉红色吗？

有人自己走漏消息，跟我爆料她谈恋爱了。旁边的女生害羞低下头来。

有人今晚很幸福。有人孤独。有人一边幸福一边孤独。

有人在我回到家后电话安慰我。

他是已婚男人，有个幼儿。

他说结婚的感觉就像迷迷糊糊上台唱歌，你就是得把歌唱完了。

没离婚、没分手的真相可能是……

很多不幸福、不快乐夫妻或伴侣没分开的真相，严格说起来，九成（甚至十成）都与真爱无关，而与惰性和自私有关。

除了夫妻，也适用于长期同居人或稳定的恋人。

因为继续住一起可以省房租，或者不用有自己的房子。（居住利益）

因为住一起有人可以分摊事务：从倒垃圾、洗碗盘、开车接送到修家电。（生活利益）

因为不用再去费力气和心思找别人和自己上床。（性利益）

因为对方能提供不错的性经验。（性利益）

因为对方可以照顾或供养小孩。（生育利益）

因为对方会负担自己部分或全额的生活费。（半包或全包养利益）

因为怕双方长辈、亲族、自己同事、长官等社会关系有异见。（社会评量利益）

因为怕寂寞。（自我感利益）

因为怕自己觉得像个失败者。（自我感利益）

因为觉得自己年纪大了、外表条件差了，怕从此在婚友市场落单。（风险厌恶、风险趋避）

因为习惯了，怕要面对另一个人从头表态、争取、了解、适应。（学习成本）

因为不甘心那么多年都耗在同一人身上，不想就此退场。（沉没成本）

因为想到多年都跟同一人，失去其他选择机会。（机会成本）

因为早知他有外遇，不甘心便宜另一个人。（独占或寡占利益）

因为自己不奢望有更大的幸福，不想让对方也有追求幸福的可能，就这么比烂下去。（保证相互毁灭）

因为怕小孩失去完整的家，无法健全长大。（这可能算是对孩子的爱，但这假设有可能不成立，且与对另一半的爱无关）

因为怕失去小孩的监护权。（这可能算是对孩子的爱，也有可能只是自私争取自我拥有后代的利益，且与对另一半的爱无关）

最后的最后，也许因为对对方还是有一份恩义。（这一点最接近传统泛称的爱，但其实并不能上升为爱，勉强要与以上诸利益相比，可称为道德自我感利益，因为到底有无恩义，尚需互相辨明，否则有时也可能仅属自我合理化的防卫机制）

婚姻维系秘方

纪录片《摇滚吧！爷奶》（*Young@Heart*）里，一个老先生和老婆一起入镜时笑说婚姻，大意是：

"我们没离婚都是因为孩子，她不想要小孩，我也不想。

我们每周还是会出去吃两次烛光晚餐浪漫一下，她周二，我周四。

我们的婚姻是建立在相信和信任的基础上，她不相信我，我也不信任她。"

真佩服老外的幽默感。事实上片中这些老先生老太太，无分白人黑人，都幽默大度，也许正因为这样，他们能组成一支平均年龄八十岁的合唱团，还专挑外界没想到的流行或动感曲目。

关于婚姻的这三句话，我真的很同意。

一、很多人都因为孩子而绑在一起一辈子。

二、就算婚后，也要保持各自的交友圈和单飞的娱乐，就当成犯人的放风。

　　三、就算不足以在每一方面都相信与信任，但夫妻或合伙人还是可以因为恩义，走下去。

　　世事多无奈，世俗的关系也多无奈。但，还是有可能勉为其难，时而笑笑地，走下去。

心不在焉

新朋友说我看起来总是心不在焉。

说我心不在焉是第一次听到,以为一般会认为不讲话的我看来有点冷冷的、很严肃(其实很多人不都这样),或者总是在观察思考什么。

与当下若即若离,心在,又不在。

英文也许是 detached?

但我更期望的境界是"超然物外"。可惜,超然物外是连期待都要拿去的。

等

其实，我是在等些什么。

我也知道，很可能这已经是无法等的结局。

时间继续，人总是不甘心。但以量子力学，也许我们的不甘心还影响不了结局，或者，早有他种结局存在他样时空，只不过不为此时空的你我所知。

不喜欢被引诱后又被放弃，但不喜欢又如何？

求不得，总是世间八苦之一。

不想否定生命中曾成就的自己

也许因为太忙，某对名人恋情还没加温就结束。节目中她对我说："不排斥再恋爱，也一定有时间谈恋爱。"

某层面，我可以附和她的说法。如果真想要，如果对方真吸引你，忙归忙，恋爱还是照谈，而且一往情深时也由不得你不谈。

但是，就看交往模式和约会频率会变成怎样。忙，一天就二十四小时，领导人、天王与菜贩都一样。工作之外，压缩不了别的时间（如睡觉、吃饭、进修、发呆、陪家人、做家务、购买必需品……），就只好少约会，或者降低约会品质。

何况，恋爱中不同个性的两个人对爱情浓淡、约会多寡的认知，难免有差距。一个独立的碰上依附的，事业至上的碰上爱情至上的，闲暇时间罕少的碰上优哉游哉的，有家庭负担的碰上无牵无挂的，自我中心碰上他人导向，活泼外向碰上沉默抑制……数不完的差距都是考验。

强求，一定求不到，即便在打得火热时求到，情欲消退时也难持久。

终究，两个成年人绝难随便为谁改变，绝难无外在事件（如工作异动、健康问题、结婚或同居等）影响下改变。以占星学角度，所谓"习惯成自然"，两个人一旦上了轨道，主宰情绪感性部分的月亮星座就会夺权，支配两个人交往时到底哪一种本性流露（所以，你不用怀疑你的另一半怎么好像越来越不像某个太阳星座）。

这时候，我不免对当年着迷的《小王子》里面的一句话重新认识："你对那朵玫瑰花的时间，使她对你变得如此重要。"

过去很容易以这句话当成"两人恋爱就要多花时间，你愿意为某人多花时间才表示你爱得越深"的佐证，现在却慢慢领悟，其实作者想说的可能是一句反话、一种提醒——我们容易高估某个人、某件事物的重要，可能只因为我们投入了许多时间与情感。

我们不想否定生命中曾经成就的自己（否则，我们岂不成了一个大呆瓜），所以不能正确认知对方的优劣点。

而相处时间的长短疏密，确实和"爱"的本质无必然关系，真正的爱必然是超时间的，否则"刹那即是永恒"将成为虚妄。而我自己从创作与感情的经验中体会，此言不虚。

人类用线性时间观框住彼此，误以为永远就是从现在这一点到看不见的那一点，像长跑选手奔赴看不见的地平线，其实恐怕是大错特错的。

章节叁 / 于世

"就算是 Believe 中间也藏了一个 lie"及其他

在网络看过这段转寄:

就算是 Believe 中间也藏了一个 lie

就算是 Friend 最后还是免不了 end

就算是 Lover 最后还是会 over

就算是 Wife 心里也夹藏着 if

就算是 Impossible 但还有 possible

就算是 Forget 也得先 get

如果现在 Unhappy 以后可能 happy

很神奇吧,尽管像文字游戏,但也不乏深刻触动。

于是我尝试写下这几句续作:

所以要 Cease 先学会 ease

要 Close 先接受 lose

要 Forgive 先勇敢去 give

要 Propose 先得有个 pose

想被人 Remember 先成为 member

想来段 Affair 先注意是否 fair

想得到 Benefit 看自己是否 fit

就算要 Worry 也别忘了还有 or

人生祸福相依、得失相生，就算文字游戏，也有励志作用！

脱节

资讯爆炸，很多人怕脱节、落伍。

如果工作不需要你跟上某个领域的消息，那么落伍脱节又何妨？

比如，你根本不想听的歌曲类型，就算完全不知道流行什么新歌，怕什么？

与你谋生无关的专业技术，就算完全不知道现在流行什么新知什么学派，怕什么？

如果可知、可不知的时事新闻脸书微博，停一下又有什么关系？

人难道连一点点与众不同的孤独，都害怕？

我很不在意所谓的脱节说，如果那是我不要的，也没有非得强迫需要的，我根本不害怕自己知道太浅，或者所知已是旧版。

我连手机，都不在乎用折叠式、非智能、无法上网、不拍照的手机，还怕我的心与众不同？

手机哪天想换，绝对也是因缘际会想换，而非仅仅怕被笑落伍脱节。

　　现实中需要的，自然会去更新。不需要更新的，盲从地更新只是占你电脑硬盘空间。

　　人脑，亦是。

生命最短的组织

管理学大师彼得·杜拉克一九九五年《杜拉克看亚洲》书中提到："在所有组织中，商业组织是最容易犯错、生命最短的组织。……其他组织基本的创立宗旨都是要永远存在，只有商业组织的创立目标是在利用经济和社会中的改变，进而造成经济和社会的改变。"

说得真好，不是吗？"利用经济和社会中的改变，进而造成经济和社会的改变。"商业组织面对的无情，恐怕不只是一般人只议论"社会责任 / 企业良心"层面，或者搞政治的认为"成王败寇"而已，反而比较接近老子所谓"天地不仁，以万物为刍狗"，或历史学家黄仁宇称"大历史中长期的合理性"这般境界。

经营跟不上时代、产品和服务无法满足市场需求，固然终究会被淘汰，即便经营成功，在金融力量（如投资银行大量兴起）和组织需求（如股东要求更高短期获利）发生巨变后，一家企业也可能一夕间因购并而结束"阶段性使命"或者完全消失。

　　在这样转手易主频繁的年代——美国领头，十年后日本和欧洲尝到，中国台湾再后来也频繁面对的年代——谈"品牌当家"格外多了分吊诡之处。到底是为了要让公司将来多几分卖相，抑或真的着眼股东及员工的长期利益，才好好经营品牌，套一句一生秉持理性治学的杜拉克相信的话："上帝会看见。"

　　企业经营者，上帝会看见哪。

"多搭乘大众运输工具"的神奇实践者

某计程车司机说:"在路边的人坐不坐车,我们一看就知道。""搞不懂那些等了快两个小时,我绕回来他还站在站牌下的人。"

"某某好节省,他都是坐公车,你知不知道,他在电视台年薪一千万耶。我至少看过他三次在等公车,穿得也邋邋遢遢的。哦,他很省,我看过他老婆,也是不怎么样。我看他这么省,做一年,就够过下半辈子了。""三四十岁还坐公车的人,很奇怪嘛,都不开车,也不坐计程车。"

我实在很想告诉他,我平常上班都坐公车,不赶时间或者到一些熟悉而方便的地方,也习惯搭公车。捷运通了,更棒。

另一位计程车司机,我快下车前,他从后视镜左瞧右瞧,问我:"你是不是在飞碟那边上车?"废话,难道刚才不是他载我的?明知故问。"你是从飞碟哪一栋下来?你是在几楼?"反正就是要猜,何不直说?我通常不一定会说实话,那晚想想也无所谓。他继续问:"你是不是陈乐融？我载过你啊，你不记得了？到公馆。那一次你穿得好漂亮哦。我后来问别人，别人说不可能是你。"

我说是，他说："你真的记得我？我还跟你讲政治，说你们老板是'赵一半'……"到了，我开门，他还是很兴奋（抑或激动）说："你的声音很像光禹，你真的是陈乐融吗？"够了。

翻开一本星座书，某认识的占星师举例"某电台主管"很抠门儿，是巨蟹座的代表，因为他每天上班都搭公车，要不就是能搭便车的地方才去。不想对号入座，但是很想告诉他，拜托！我才没那么无聊。

走路、坐计程车、搭便车，都是看时间、心情和机会。何况，我已变成双子座了，所以，双子座如果还像他所说的"抠门儿"，是不是可以套一句："杰克，这真是太神奇了！"

如果一定要被扣帽子，就说我是"请响应多多搭乘大众运输工具"的神奇实践者，好吗？

中产阶级的惊异

影评人大卫·邓比描述他在地铁被抢的经验。抢匪明明已经拿枪比着他了，他还有瞬间在想："为什么？为什么要为一百块美金冒做五年牢的危险？"

当然自认这种想要"理论"的冲动很愚蠢。但他说："中产阶级的人愈来愈惊异不断了，总是震惊于怎么会有人做出这么自我毁灭的行动？"

不只是对着报纸或电视上的犯罪案件咋舌，想着："怎么会有人做出这么××的事？"在日常生活中其实我们更常发现，偏偏就有人会做出许多令自己意想不到的事。你简直不知道他们是怎么想的。

周末晚上意想不到地被放鸽子后，确认某个新关系大概走到终点。因为事出突然，过程粗糙，我无可避免地感到一阵子——以及势必延续一小段时间——的"自我价值感低落"。

想不出为什么自己会被这样对待？周日下午朋友在电话上提醒，"也许对方以前也是被这样对待，不觉得这么做有多不对？"我们总是透过事件才惊讶于自己和别人心目中的黑暗。一次又一次。

有的人受骗、受辱、受伤时会说："管他去死！我还管他是怎么想的？"但我依然想去了解。因为唯有"了解"才是那几乎难以触及的智慧的开始。

不曾碰见五百年前的冤家

是某种规模的愤世嫉俗？参加婚礼总让我疲乏。有头有脸的人致辞，称颂新人的品德和才华，新人甜蜜而紧张，偶尔跑来要竞选的人插花。

不知道台下多少人在社交之余，在批评虾丸有加硼砂和鱼不新鲜之余，在讲黄色笑话和闹酒之余，真心为新人决定相伴一生高兴？不知道在座多少已婚人士，真的记得他们当年的誓词？

而大家仍一味认为结婚是好的，婚礼是一件喜事。我看到相关部门统计，光一九九八年台湾平均每小时就有三对多夫妻离婚。所以，一场两小时半的婚宴下来，大概就有其他七八对夫妻离异了。更不要说那些虽未离婚，却早已无爱可做或无话可谈的夫妻，是像空气一般普遍存在着。

很喜欢叶曼女士在《叶曼答客问》里，规劝那些心中空虚、急于想结婚的女性朋友，"一个女人总以为结婚才是女人的归宿，没有结婚，象征一种失落、失败和失望。这是传统的社会心理和习惯……一个女人没有结婚，不是她嫁不出去，没有人'要'，而是不曾碰见五百年前的冤家。"

又勉励她们若真想嫁，"临渊羡鱼，不如退而结网。……找个年龄相当、知识水准相当的人去交往、去恋爱，不要梦想白马王子和灰姑娘的童话。"

结婚无所谓好与坏，端看你抱着什么样的心态去结，耐不耐得住"白头偕老，祸福与共，疾病相扶持"这几句看似老套却艰巨的话。

助人需要慧

外地人来到台湾，肯定对大街小巷的标语文化好奇。

其中包括几大宗教善行团体分发张贴的佳言对联、标语随处可见，喜欢的以为可促进社会祥和，不喜欢的视为另类视觉污染。

我自己喜欢"人生没有所有权，只有生命使用权"这则透露的豁达与警惕。但对新近看到的一则"平安就是福，助人就是慧"有反思。

"平安就是福"（不是这位法师自创的话），我举双手赞成，至少，平安是福的一种。

但"助人就是慧"，连带用等于的句型来对比，真的正确？

盲目的助人，帮倒忙，助纣为虐，带有私心目的的助人，渴望功德累积点数的助人，都完全谈不上"慧"（尤其是佛家陈义甚高的"慧"）。

助人，也容易落入人格九型"助人者"的种种人格阴影，包括：

好管闲事，过分热心（甚至谄媚讨好），喜欢干涉（间接发号施令），好操控，最后对别人没给予同等回报愤愤不平等。

格言、标语的好处在精简醒目，坏处在不易周全，一个只喜欢名言标语挂在嘴边、墙上的国度、社群、阶层、门派，注定有简约乃至不求甚解、思辨薄弱、易权威崇拜的危险。

助人不直接就等于智慧，相反地，一如佛教团体喜欢说"做好事也需要判断力、觉察力"，我个人相信："平安就是福，助人需要慧"。

一如世间多有"画虎不成反类犬"，助人不用智慧，反可能害己害人。

如果预知死亡点

每次听保险顾问谈保单，到哪一年几岁会拿到多少钱或者享什么保障，感觉总很复杂。

一方面明确，一方面虚幻。

人生无定，但保险却以算式给你数据。如果你真能活到那个格子，不管储蓄险、年金险，理论上就能拿到。不用说由别人拿的寿险。

但一般人并不知道能活到哪个格子。假设现在就死、明年就死，很多规划对很多人来说就未必适用了。

甚至，会有点浪费。以投保率来看，没用到的保障，那些年付的保费可以说是"花掉"了，都是你和意外、疾病对赌的费用。

面对保单，一方面心里多了踏实，一方面又觉得"人生规划"总有点不踏实。

不讳言自己仍怕老死，但有时又对于"如果不能活到太老"有另种感觉："不用准备那么多退休金了！"不必烦恼更多活得太老产生的财务、心理、人际、健康甚至尊严问题。

许多人一被宣判绝症，立刻去做些平常不会做的事（比如长途旅行），旁人或许会感叹"为何不早做""健康的时候为何不做"，但我偏偏认为很多事情都是从财务观点考量，以钱来解释，一切都成立。

当时不做，因为觉得要花大钱，因为要工作赚钱没时间；现在做，除了自己喜欢、想要满足心愿，更大理由是"现在不需要那么多钱了""辛苦赚的钱不花都要给谁"。

光一个死亡时点的考量，可决定我们做哪些事情、对哪些人好，包括，对自己的态度。

因为平常都设定会一直活下去，所以我们忙碌、恐慌、积聚、安排，因为怕一直连续下去的寿命，会失去依靠、滋养、保障。

有伴侣、儿女的人，考量就更多。

正常缓慢老去的人，多数会开始斟酌如何面对资财，如果不是有非得留给后代的义务或心障，多数会开始"对自己好些"。

罹患不治重症的，则有短短的时间，快速思考该怎么处理，不管用在自己或别人身上。

猝死的人，则毫无机会（或许有瞬间的意识）担心这些。

如果预知死亡时间，不只用钱态度，甚至前半生的赚钱态度，可能都会完全不同。

可惜，这只是假说。

单极

性态度开放活跃的男同志 A 说："不要区分标签，每个人都不一定是同性恋、异性恋或双性恋，中间有广大的灰阶。"

"人先不要这么自我设限啊，要 open-minded。"他有点亢奋地说。

诚然，人该 open-minded，但这句话背后，他还是落于光谱的一端。就是所谓"最大开放端"。

他反复强调有人曾经情境式同志、有人爱过男生又爱女生，有人爱过女生后爱男生，有人可以在无爱情况下和任一性别做爱……他在争议个体中关于阳性与阴性的百分比。

在场其他男女，试着提醒他：所谓的性倾向，天择之后，最后只在于"自我选择"。

男同志 B 说："你干吗管别人可能具备百分之三十同性恋、百分之七十异性恋，如果他自己不说，或者他没有想跨到另一边，你为何需要去引诱（或者挑战），以证明他的确也有潜力？"

说到底，某种开放派还是希望"别人开放，最后朝有利于我的一方开放"吧？

站在"最大开放端"的他也承认，在自然情况下，没有要选择和女生恋爱、做爱或长期共度，所谓想要鼓励别人"开放"，骨子里还是希望死硬派异性恋可以接纳或甚至"尝试"同性恋，才是真相。

我只是要点出他的激情演说背后，还是有自己一套意识形态，我只是希望大家都可以更自觉看到自我的问题，再研究为何外在世界有问题，而不是永远觉得"敌人在外面"。

当然，好为人师是有点讨厌，可是如果是朋友难得正经讨论议题，我不可能装白痴，这是诚意问题。

点出他的"单极倾向"，不在于反对同志有权利争取人权、平权。

民主开放社会，同志可以上街头办游行，某些基督徒团体也可以游行反制呛声，这都是人间百态。

我们该庆幸这块土地、这个年代，还可以有这些百态。

最大开放端和最小开放端，本就牢牢固守光谱两端。

两端的人，不喜欢"百态"。

试图以战斗、说教或斗嘴的方式，让光谱两端的人有共识，我放弃，而且，个人觉得不智。

不管谈到性还是政治，都一样。我不支持极左或极右。

一个明智的人，可能永远只能争取中间派。灰阶地带的人，才较有机会改变想法、投你一票。

决定战斗，就得承受反击；作用力，必然带来反作用力；弈棋一动，必然引发祸福吉凶。这是天理。

我不是要说人间事都得忍气吞声和稀泥，都不能采取 doing，只能坐观。一定有很多人会认为这样太消极、太宿命、太无力。

我只是要跟 A 说，我希望"纵览全景"，不喜欢落在单极。

以保守之名排斥人性深深浅浅灰阶的可能（"人就只能是异性恋"），可悲。

以开放之名排斥深深浅浅灰阶怎么不够开放（比如"你可以变成同性恋的"），是另一种可悲。

我说的可悲不代表这两群人生活不如意（恰恰相反，待在"舒服区"的人某种程度上是最如意、最轻松的，因为他无须面对抉择、无须反省、不必挣扎），而是在于狭隘。

真正的开放，不在落于单极或把单极变教条鼓吹，而在先一体接受，尽量尊重异质的存在，然后更高的境界在众生平等。

当然，我还做不到，但心向往之。

可是，单极派的不会这么向往。他们还是向往有一个世界如他们的意识形态所想、所造。

任何单极，都有变成法西斯的可能。

否认的六种模式

我们常常不讲、不面对某些事，或者曲解、扯谎，为什么？其中牵扯的道德、情绪、沟通问题，严重性自轻到重可排列如下：

一、忽略：只是忙碌而未察觉，认知系统跳过（或所谓"神经大条"），非恶意的省略，长期不在意产生制约。

二、回避：心里有数，下意识闪躲，和事佬性格，趋吉避凶的本能，轻微到中度乡愿。

三、粉饰：重度且无自觉的乡愿，为利益（或义气）对他人伸出援手，轻微曲解现实，（自认为）试图提供另一种观点。

四、圆谎：为原先自己或他人的疏失收拾烂摊子，出于方便罔顾现实，可能是无伤大雅的白色谎言，也可能有严重道德瑕疵或法律利害关系。

五、狡辩：为他人做帮凶，为自己找台阶，抵赖并攻击现实只求脱身，恶意伤人以保全自己。

六、说谎：完全不顾或否认现实，试图以全新说法与认知建立实相。

沟通病 I

病例：

甲跟乙说遇到久违的某人，对方热情相邀，自己却多疑惑，有点不想去却又不好意思。

乙："那你就不要去啊！"

甲："但总有点不好意思，算了，去看看再说。"

乙："看他是跟你多熟啊？"

甲："不是多熟，但毕竟是认识的人，又很多年不见，人家路上遇到一下子这么热络，又立刻要你手机号码邀你碰面，你会怎么做？"

乙："就笑笑说好啊。"

甲："然后呢？他主动打来问什么时候碰面？你怎么说？"

乙："就说没空啊。然后再打来时还是说没空，几次后他就不会打来了。"

甲不是很喜欢每次乙说话的这种态度。因为乙自己是个耳根软、脸皮薄的人，对别人的"建议"却这么激进、不耐。

诊断：

我们对别人的回应常常"双重标准"，和自己的处理情况不同。本案中有可能是：

一、乙自己不善于处理这种事，所以连带很怕听到别人这种事，尤其是身边人，一听就烦，一烦就想逃避，一逃避就口不择言。

二、乙是想好好建议，但语气一律用"上扬"方式，听来就有种想草草结束这谈话的不耐烦；难怪甲会不舒服，觉得对方没有帮忙，反而有种责怪之意？

三、乙是在略带责怪，觉得甲为一个"不值得的人"伤什么脑筋，但别忘了，身边人常常大事小事都会跟我们讲，这就是寻常聊天不是开研讨会，乙自己还不是一天到晚大事小事也会啰里啰唆与甲"分享""分摊"？这种态度很容易让亲友误会或引发冲突。

四、甲虽小小抱怨这件事，但如果已经略有答案、腹案，而不是真的陷入绝大烦恼，身为乙其实可以用更缓和的方式回应，大可不必反而激发对方"情绪"。跟亲友谈话，因为比较不拘形式，又较频繁，当事人更可能得自行"信息过滤"，哪些是耐心听听简单回应即可，哪些才需要认真讨论。

沟通病 II

病例:

甲跟乙提到公司或朋友的问题,乙总喜欢立刻回答:"那有什么,我以前……"

甲习惯了乙这种"反驳机制",但难免觉得对方自私。

乙方辩词:

一、我只待过一间公司,当然会以我那时的经验来讲,不然我要举什么例子?

二、我本意是要劝甲,因为看甲都在生气、不满了,我就讲我自己的例子让他知道,事情可能不是只有他会遇到。

诊断:

一、乙可能经验单一,所以说来说去都只有援引一个单位、一份工作的经验,对别人晓以大义;但这的确可能让别人觉得偏颇,或者,觉得"又来了,老调重弹"。

二、就算乙也有类似经历，不代表甲的经历一模一样，或者"不值得当全新个案讨论"。乙犯了"过度从自我中心延伸"的毛病，除了可能有"以管窥天、过度类比"之嫌，也代表对甲方的真实经验不够尊重。

三、当别人不管是诉苦、求助或仅仅是闲谈一件自己的遭遇，"立刻、永远、每次"把话题拉回到自己身上，这种人当然有点自私，更深层，这暴露出他需要爱，需要关注，而且是"立刻、永远、每次"需要。这当然是一种心理缺憾，而且很难治愈。

四、人的"自我合理化"的防卫机制的确强大，尤其心理越脆弱、缺乏爱与自尊的人，越容易想借助不健康的方式强大自我（比如像乙的这种"把自己拉回焦点"），每每总弄得甲也只好开始辩论（你过去的经验和我这件事有什么相同与不同），但反而模糊了原先问题的焦点，容易变成"我与你有什么不同"，从而又引发两方"自我感的战争"。

纵横全场又保持真诚关照

　　参加聚会，我自有一套眼观六路、耳听八方的功夫，也明白对大多数人来说，社交能力绝对是一项难得具备的才艺。没有多少人真有纵横全场又保持真诚关照的能力。

　　期待过高的，注定落空。依附别人的，难免失望。

　　绝大多数人，都有点矜持，都怕被拒绝。矜持和恐惧的理由很多，但多数人，的确只习惯在熟人面前讲话。问题是，一个新的派对，总有你不熟的人在，甚至，如果你很不幸是被朋友带去，全场都可能是你不认识的人。

　　这时候，你要不要开拓自己的世界，要不要主动与人攀谈？要不要礼貌地接别人抛出来的球？怎么在四周的淡漠与距离间，镇定自若？

　　这些我都经历、研究过。发现多数人都是随兴所至，本来是怎样的人，现在依然如此，或者非常热，或者非常冷，或者非常假，或者脸上明摆着尴尬与自卫。少有人勇于向个性和情绪挑战，或者，向别人眼中可能的成见挑战——譬如你说我看起来凶，好，我就笑给你看，开玩笑给你看，温柔地注视你给你看，这样总有奇效吧?

但是，对于那些真的很自闭、很害羞，或者"没见过大场面"的人（注意这三者并无直接等号），也让我们善尽一份礼貌与善意后，留给对方一点孤僻的空间与权利。毕竟也许他已经够痛苦，或者，他正自得其乐呢，何苦把每个人都拉进团康游戏中? 有人就是喜欢保持一段距离看营火熊熊。

所谓"参与"并不是只有握手、拍肩、交换名片、高谈阔论——成熟于人情世故的你我，应该深知。

小气与小器

很多很会请吃饭喝茶出手大方的生意人，待人处世经营事业却很小器。

不懂知人善任，只想剥削利用；说好听来跟你请益、报告，只是想拖人下水、找人背书。

脑力激荡运筹帷幄找你有份，谈到事业层次与你无关；有好处时不想到分享，无好处时鼓吹一起革命。

甚至，还忌惮你的才华识见，担心你的个性原则；无容人之量，却想用人之才。

初始就破局不合作也就罢了，若合作功成，不免狡兔死走狗烹把你打入冷宫或逼你求去。

这不算器小，什么才叫器小？

愿意交际应酬却不想付权利金、顾问费、专案报酬，也从不想给重要专才伙伴技术股或红利的老板们，就算平日看来出手大方抢着付吃饭钱，还是小器加小气。

因为，他们花小钱、省大钱；花单次交往成本，省长期变动成本；想白嫖，不想结婚。

还有多久要走?

近期，第二次梦见自己濒死。

夜幕已降临，爸妈家，从床上醒来，有点睡眼蒙眬，走到客厅看钟，约七点零五分。

我问:"还有多久要走?"当下的自觉是八点。

妈妈急切说:"走去哪儿?"

我笑了笑说:"我要死了啊。"

回身似乎跟妹说:"一切从简，火葬。"好像还想说连骨灰坛都可以省去，话到嘴边吞下。随便别人吧。

此时潜意识慢慢上升渗入意识区。

想到保险受益人、房产、密码明细表是否该重新印一份，甚至有无遗产税或赠与税问题。

完全醒来。

看闹钟约六点十九分。台湾地区领导人马英九第二任期就职首日。台北大雨滂沱。

很高兴梦中依然没有任何情绪，是一个不感伤、不惊惧、平淡的梦。

人生，绝大多数的我们都不知道"还有多久要走"。

这可能是句经典台词。

不祥

有人装成熟、稳重、气派、大方，装训练有素、成竹在胸。那是有所求——求显得比对方好、比人强。

但也有人装清纯、无辜、尴尬、失误、腼腆，装自取其辱、自嘲自勉。那也是有所求——求显得比对方没高多少，求别人感觉与自己差不多嘛，可沆瀣一气抱团取暖，至少，少找点碴儿。

不管虚张声势或以弱为强，都是人性最最常走的大道。

定定看着这些的人，不祥。"察见渊鱼者，不祥。"

你说我没有要动手捞鱼啊，我看着但没犯着，为何不祥？

这世界不要求真吗？我们不奉行科学实证主义？

人子，你就安于这不祥，好好参吧。

什么样的要求算强求？

什么样的要求算是强求？

A 做不到的，B 也许轻而易举。

什么样的说法算是逼人太甚？

每个人承受度不同，感性与理性的比例不均，地雷区也不同。

是不是每件事都能事缓则圆？

时间有时是药，有时是杀虫剂。

两个人的关系，哪一方可以指责对方自私？

你喜欢或不喜欢对方这么做，也可能是自私。

谁没有说过荒唐的话？谁没说过爱？

政客说过的话，都能任意拿出来重组。请勿为难恋人。

如果当初看中对方的是某一点，现在那特质改变了，算不算欺骗？

可能原先是自欺。

是不是只要某一方隐忍委屈，另一方就该停止指控？

恐怕不是。纸注定包不住火，不管怕不怕烫。

换人，就能换人生？

很多人以为换个男人或女人，就能改变生活，结果发现不那么简单。

不同的城市、行业，遇到的人看起来也许和自己以前交往的人那么不同，但内在是否也如此？

外表看到的一切真能相信？还是所有事都非得亲身体验，亲身感受惊愕、快乐或愤怒？

酒井美羽的淑女漫画里有个故事，在东京浪荡了三年的女主角决定回乡去当"朴素的售货员"，也锁定找到平凡上班族当老公的计划。正当一切顺利进行，也在自己发动攻势下和木讷呆板的课长上了床，不可思议的事却发生了。

课长在床上毫无生涩感，甚至是名副其实的"技巧派"。女主角虽然享受了，第二天却神经质地不要和课长交往，因为她要"平凡的男人"。

漫画中她哭着坐在地上和课长说:"如果和你结婚的话,就算白天一切都很平凡,晚上却那么激烈,我无法过这种表里不一的生活。"

多少"平凡的家庭主妇和职业妇女"会羡慕这样的表里不一啊。多少人厌烦死了一成不变的平凡,渴望出轨与冒险的激烈而不可得。但女主角就是这么可爱而戏剧性地说出她小小的恐惧。

想当然耳,这样的恐惧在男方眼中是充满天真魅力的。课长把她训了一顿,让女主角醒悟:自己不必那么自以为是地定义"平凡"。

可能是自己身处看名人如家常便饭的传播娱乐圈,我一直对名人的一颦一笑有高度免疫力。明白他们的魅力,也领略他们的缺陷。

到最后发展出一种还算平衡的视野:如果真诚,没有谁的微笑比另一个更高级。名人、有钱人、有地位的人或俊男美女,通通要老丑,通通会放屁,通通要死。

新时代(New Age)"你创造自己的实相"的说法,指你必须先把自己变成一个什么样的人,就能在周遭创造出相近的磁场,感染到其他人过来为伍。等待爱情也是这么个原理。

一直期待有和你截然不同的人来改变自己,不如自己先改变了、先趋近了那种个性和态度,然后理想对象出现。

否则,一个节俭男爱上拜金女,虽然表面上节俭男可能怨声载道、满腹苦衷,但以实相层次来看,很可能是节俭男的因子里也在呼唤一场豪华的演出，正好有一个人填补了这种自己无法实际操刀的遗憾。

我们表面上和自己或别人宣说的倒霉与不堪，很可能无法揭露真相。我们一直创造我们的实存空间，一直在决定要和哪些人发生哪些关系，要去这个地方或不去。

只是这些难以胜数的决定，有的是靠欲力、有的靠逻辑、有的靠恐惧，只有极少极少的生命，是出于智慧和爱。

不用以换男友或女友来改变生活，换掉一身套装或西装行头，愿意老老实实走在街上或在公园草地上打滚，已经是一种由内而外、复由外而内往返的改变。

子孙

中文"绝子绝孙"算是很不好的成语。

但我怎么才意识到：自己就是呢。

没有任何负面情绪，连一丁点儿自怜自苦都没有，也不是自嘲自谑，就这么客观描述。

一个没有生育下一代或者子女不幸比自己早死的人，客观现实上，都没有了子孙。

这在现实社会中，恐怕并不少，而且可能占比越来越高。

为什么我没有一丝对于无法"传宗接代"的恐惧，为何我对于血缘这件事天生有一点迟钝，难道只是因为亲族人少或不相往来造成的隔阂冷漠？

或者，这世上有的人就是没法单单以血缘来和周遭论亲疏？

生理学上喜欢用一只幸运、强壮的精子打败其他精子与卵子结合，当成育种的成功。

　　那么我等这些已然落入"绝子绝孙"的男男女女，我们的 DNA 又算什么样的品质？或者说，在这万千造化中又有什么样的地位？

　　我们注定该湮灭？

　　或者，生命存在不仅仅在于物质形态的繁衍聚合，我们看不到摸不着的精神，有别种繁衍的意涵？

出生未必好，死亡也不一定解脱

又一名人去世，引发网络大量纪念文字，老歌视频或音档纷纷出炉，几乎都是正面回顾，比他生前近几年的新闻好多了。

不确定能延烧几天版面，但肯定不像家属做法事七七四十九天。陌生人的情动，总是短暂。

但死者为大，所以死亡有机会带出他者人性中善的一面？

虽说有机会，但也非绝对，否则不会常有活人念念叨叨对死者的非议和怨怼。很多时候，一死并未泯恩仇。泯了的，算彼此幸运。

有人希望我写写他，但我跟巨星着实不熟。就算和大家看一样的报道听一样的歌，我也不敢像娱乐名嘴一般认为自己与哪几个艺人熟。

不管有神论者还是无神论者，多数人幻想在天堂与喜欢的人相见。但生前互相讨厌的人呢，在天堂还有不好的回忆或情绪吗？若天堂无，那些不幸去了地狱的呢？亡魂会因正受苦而忘怀（或无力计较）以前的不对盘？

　　出生未必是好事，死亡也不一定解脱。活人继续构建对死者的认知与评断，死者说不定也在此刻存在的介质中，重组对前一世旧识的认知与评断？

幻灭

大家都说失望因为期望，期望越高失望越大。

但如果没有期望，日子怎么过下去呢？

换句老人家说的话：没个盼头，要怎么过？

心灵学家（我怀疑真有这种职业吗）说：当下，当下，其余都是幻象。人追逐幻象，难怪幻灭，能怪谁呢？

问题在：若当下听见看见触及，都没有什么满意顺心，又还得一体接纳，还不能盼（不管是盼别的东西或者盼明天后天未来），那么，这样的接受当下、活在当下，又真的能炫耀，能甘之如饴？

心灵学家再次出马：接受当下不是为了炫耀或满足，而是避免苦痛。移除苦，自然堪称乐。

这样看来，多巴胺此时平平静静不多分泌，肾上腺素也无须警戒武装。当下的细胞意识处在何等情态，我好奇。

新派心灵学家（大体从 NLP 学派到吸引力法则信徒）则称：视

觉化你的愿景是必要的，非但视觉化，最好想象力要丰沛到感觉你已达成那种喜乐、兴奋、荣耀、富足，这叫"跟老天下订单"，通往宇宙银行提款，这股振动频率将有机会把那些你最在意的东西具象后带来给你。

如此，就该多多想象、幻想、妄想、痴想、专心想了。因为，穷既然是幻象，那就不如换个富的幻象，反正都是幻象，至少过一把瘾。

八九点钟的太阳

多数人都知道现实不合理想，偶尔有的现实比理想更好（极少数幸运儿能碰上）。

绝大多数的现实比理想差（所以才叫"理想"），一般人其实也接受。

但年轻时候认知"多数现实不如理想"，和年老时（或者开始迈入年老）确认"现实真的不合理想（而且差得不是普通的远）"，感觉还是截然不同。

年轻时感到无奈"现实一定不可能和我的理想一样那么好"，跟初老时确定"原来，现实真的和理想差这么远，而且没有机会更接近"，惨度也不同。

所以年轻一点的读者看到我的文章，偶尔不以为然，属于宇宙正常逻辑。

"你们是早上八九点钟的太阳。"这句话，我同意毛主席。

试着创造更大一点的悲观

你说："我对人对事总是悲观，也觉得活在世上没有意义，该怎么办？"

各项病例或调查数据显示，心理疾病或身心疾病患者越来越多，从成人到青少年，不快乐的人、没有目标的人、经常性沮丧忧郁的人，比比皆是。

而你清楚地承认，你悲观。你望出去的天灰蒙蒙一片，或者，尽管外面辉天丽地，你的心，冰冷无趣。

本来修道者看待三界之中绝无真正的快乐与安逸，虽然活着，却只是利用此一肉身办道，目标在转化身心灵成为另一种存在。

他们就算身处花花世界，依然槁木死灰。这里说的"槁木死灰"不是不懂得欣赏春花秋月，不是不会与人谈笑往还，不是每天杵在一个地方呆呆打坐，而是一种真正看破尘劳俗务、希盼永绝劫毁的坚定。

　　所谓"进入这个世界"而不"属于这个世界"，大致是这种态度。平常和一般人看似一样活着，时辰一到，自主地离去。

　　曾经交往眷顾的亲人伴侣朋友，在大限来临的刹那各走各的路。有准备的人，不会哭哭啼啼上路。没准备的、一生都避讳谈死或逃避死亡现实的人，走另一条路。

　　你说你"觉得活在世上没有意义"，这未必不是好事，可是你确定你有"看破这个世界没有意义"之后，发掘另一个可能意义的因缘、能力或志愿吗？

　　我大胆猜想：你没有信仰，甚至缺乏信念。你只拥有一种你所谓的"悲观"，而悲观只是一种虚假而不稳定的思考态度。它随时可能变，也不由你掌握。

　　抱持这样一种随时可能变而又不由我们掌握的态度生活，其实并没有什么好骄傲，更不需要执着。我们还是自己这血肉之躯的奴仆，而这血肉之躯又是大自然无常演化下的奴仆。这样的悲观只是代表身心皆病，谈不上自我抉择。

　　你该看医生，虽然世俗医生对于解脱生死不会有兴趣，但至少他们可以提供若干身心的检查与辅导，看看你这奴仆的身心状态受到哪一种力量的牵引大一些，是脑内化学物质分泌有问题、童年阴影造成人格创伤，或仅仅应该移居到比较温暖明亮的城市谈场恋爱就能改善。

　　医生或专家帮你挖掘出的问题可能很多很多，药方也可能是复合式的，但最后你的救赎却极可能来自一个自己意想不到的人事物——那也很好。

　　不然，试着创造更大一点的悲观，走向另一个出世解脱的境地看看。

论同理

一直听人家说要我把同理心当功课，说我太聪明了但不能骄。

我懂这是人生（或者说出世）课题，躲也躲不了，但我难道真不知道别人的心态、心思、心情？搞创作、评论与媒体搞假的？怎么可能注意不到世间人事物的精华、糟粕与两者间的差异？

致命就在我懂了某些理，却不爱附和那个理；懂了某些情，却不屑那些情；不想屈从不如我的人，又不想领导看不上眼的人。奈何？

如果缺乏同理指的是昧于辨清事实、欠缺探究他人心肠，我不承认自己如此不同理；但如果"不同理"，指的其实是不在第一时间宽容、平和，那我承认（但这已经不关同理不同理的事情了）。

我对不如意事的宽容与平和，是第二、第三甚至第八时间，经抑制、转化与修炼才能出现的。第一时间的愤懑与忧伤，确实仍根深蒂固。

有人帮我查了星盘凯龙星的宫位："对于社交上与人和团体有渴

望与敏锐感，尤其是对于同辈之间的相处，会有无法融入的状况……因为您有与同年龄朋友不同的兴趣与想法，所以您在朋友圈中就像是一个异数，各方面的表现都与其他人不同，让您挂上了不合群的标签，造成成年后的您，想要拥有志趣相同的朋友意念会更重……必须认知您个人的想法，已经超出一般大众人的认知。"

　　慢心如此，坚心如始，遂只好空谷自己的空谷、烂自己的烂。至少目前如此。

　　至少，留一份真在墓碑——但放心，我不会有墓碑，引后人口水或泪痕的。

毫无瓜葛的少数

每当我稍微开始忙起来的时候，往往第一反应不是开心，而是担忧失去生活品质。

失去哪种生活品质？具体好像也说不清。约略是一种能充分思考又能闲散宁静的品质吧。

但不忙的时候，我的日子里已经充斥着过多的思考与闲散。忙于世事，或许对我是另一种历练。

每当觉得自己属于这社会较少的一种人时，总是（很幸运地）立刻学习到：还有人（或类型）数量更少。

比如，"在秘鲁的亚马孙森林区里居住了大约三十万的土著人，分属五十九个族群及十六个语系。有百分之五甚至更多的土著不属于任何族群，自愿住在与世隔绝的地方，和我们所知的世界毫无瓜葛"。

马克·塞雷纳的这段话，"和我们所知的世界毫无瓜葛"超完美地吸引了我。

一般人再觉得自己"小众"、再"与众不同"，但其实和其他人共享的文化信念，远比这些遗世独立的土著多得多。

那些固守原始生活的人，不知道工业革命，也不参与资本主义，当然也无须知道网络与某一年流行过的骑马舞。

他们没有书，也没看过电影，他们从出生到死亡躲过这世界一种叫作"广告"的东西，他们当然也不可能买保险。

若和这样一种人直面接触，真的会令很多人头皮发麻。因为我们习得的文化、语汇、概念，都与彼等无干。而我们竟都是"人"呢。

这样想起来，从某种程度来说，真的很酷。因为这世上能令人真觉得"全新"的感知经验，已经太少太少了。

这是今晚本来要觉得自己属于"少数人"的我有的小小感触，进而觉得：只要还在这个"文化圈"，我算哪门子少数？我们，还是一家人。

等你比较不忙的时候

星期天的早晨，落起雨来。听巴赫本来是为了让凯瑟琳伯爵好睡的《郭德堡变奏曲》（*Goldberg Variations*），铿锵有声地，开始也不能真正没事的假期。

周五晚看完一个表演心很沉，感受到创作者在焦虑中老了。

大概是被导演扔出的焦虑击倒，和朋友前往内湖的路上突然问他："你觉得我是怎么样的人？"他不慌不忙地说："等你比较不忙的时候……"我以为他要接着说："再告诉你！"结果他说："……我才能知道你是什么样的人。"

啊，大哉斯言。

"等你比较不忙的时候，才能知道你是什么样的人。"我回味再三。不喜欢被贴标签的我，却忽略我们正在做的事（do/have），往往取代仅仅活着（be）的价值感。光活着，清醒有觉察力的活，就有价值——我相信，却常常忘记。

忙盲茫，张艾嘉多年前在还没有线电视、网络和手机的时代，就唱出我们的窘况。给自己太多"表现"、太多"功课"、太多"压力"的结果，是当我自命有效率地产出一件又一件事、解决一个又一个问题时，却忘记生命不止是一个"常用问答集"（F.Q.A）。

生生 / 后记

早过了出书会兴奋的年纪。但久久成一书，最多的不是自恋，是谢意。

感谢网络，这份科技力，让我保留了从一九九九到二〇一四年的若干记录。要不是银河网路投资"最爱梦想台"一年期网路日记的计划，不知道什么时候才会跟数码内容搭上线。而我不但走得早、走得勤，还走到现在。

感谢树木，这份自然力，毕竟贡献了纸本书。尽管我非畅销作家，没让树木轰隆隆不断倒下，亏欠少些。

感谢恩人，这份人情力，不但交织绵密我的人生，也成灵思涌泉。很多故事，由你们而来，有些对话，从你们产出。有些恩怨，即便继续，或了或不了，但在"宇宙大数据"论点下，一律称为恩人。

最后，当然要感谢自己与你。把自己与你并称，这是新的体悟。没有我孜孜不倦键盘敲打，很多想法不会成为此度时空掠影，也不会凝聚有缘观赏的同好；但若没有网络世纪回应的助力，能不能这样日夜无酬地持续迸发、蓄积、再迸发，也甚可疑。

毕竟，我们总自以为孤僻，实则却日日倾听山前流水声。

本书收录的，仅是过去十五年创作的一小部分，却是最内在、抒情的部分，可能也是较受出版界青睐的部分。

感谢过去、未来、现在的无住一切。不可得的，我也得过了。

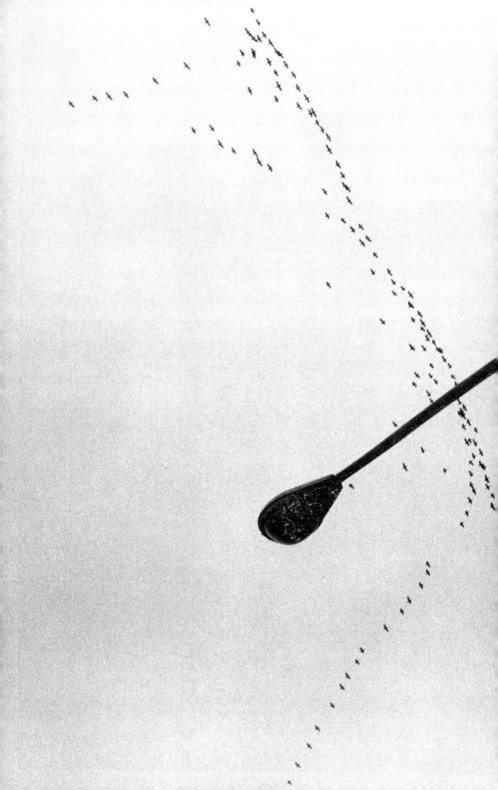

版权登记号：01-2015-8121

图书在版编目（CIP）数据

浮生 / 陈乐融著 . —北京：现代出版社，2017.3

ISBN 978-7-5143-5395-2

Ⅰ. ①浮… Ⅱ. ①陈… Ⅲ. ①杂文集－中国－当代
Ⅳ. ① I267.1

中国版本图书馆 CIP 数据核字（2016）第 239909 号

本著作通过四川一览文化传播广告有限公司代理，由台湾凯特文化创意股份有限公司授权出版中文简体字版。

浮生

作　　者	陈乐融	
责任编辑	宋凌燕	
出版发行	现代出版社	
通讯地址	北京市安定门外安华里 504 号	
邮政编码	100011	
电　　话	010-64267325　64245264（传真）	
网　　址	www.1980xd.com	
电子邮箱	xiandai@vip.sina.com	
印　　刷	三河市宏盛印务有限公司	
开　　本	890mm×1240mm　1/32	
印　　张	7.5	
版　　次	2017 年 3 月第 1 版　2017 年 3 月第 1 次印刷	
书　　号	ISBN 978-7-5143-5395-2	
定　　价	35.00 元